異風者

新装版

佐伯泰英

時代小説文庫

角川春樹事務所

異風者

新装版

佐伯泰英

時代小説文庫

角川春樹事務所

本書は二〇〇〇年五月に刊行された同書を改訂の上、新装版として刊行したものです。

目次

異風者《いひゅもん》

第一章　祝言の夜

一

夜じゅうしとしとと降り続いた梅雨が上がって、東京に朝の光が戻った。湿った町並がまぶしく光ってみえる。

一時《いっとき》の晴れ間に女たちが洗濯ものやら雨傘を広げて干す光景が見られた。

明治五年（一八七二）五月十日の昼前、愛宕下藪小路《あたごしたやぶこうじ》の旧肥後《ひご》人吉藩の上屋敷《かみやしき》門前に一人の老人が立って、訪《おとな》いを告げた。

痩《や》せこけた体は長年外歩きをしていたとみえて痛めつけられ、顔は陽《ひ》に焼けて黒光りしていた。薄くなった頭髪《かみ》を小さなちょん髷《まげ》に結《ゆ》い、塗りの剝《は》げた両刀を腰に手挟《たばさ》んで、手には重そうに風呂敷《ふろしき》包みを提げている。

明治天皇が即位され、東京に遷都《せんと》された。が、幕末の激動はまだまだ火だねを残して鎮《しず》まろうとはしなかった。

時代は大雨の後の濁流のように猛々《たけだけ》しくも古いものを飲みこんでは押し流そうとし

ていた。

ザンギリ頭に洋服姿の家令《かれい》が時代に取り残された老人を蔑《さげす》むように見て、訪問の理由を問うた。

額《ひたい》には縦横に深い皺《しわ》が走り、首筋に染みが浮き出した老人は、敷石の上に右足を投げ出すように座した。

敷石に赤いものが滲《にじ》んだ。

足に巻かれた布の下から血がじんわりと染み出してきた。

湿気を含んだ陽射《ひざ》しが訪問者の痩身《そうしん》を照らし出した。何度も水を潜《くぐ》った木綿の袷《あわせ》によれよれの道中袴《ばかま》を着けていた。

家令を脅《おびや》かす殺気を漂わせた老人は、包みを膝《ひざ》の前に置いた。

「これこれ、そのようなことを」

家令は、両手をばたばたさせて立ち上がらせようとした。金銭をせびりにきた食い詰め者と考えたからだ。

歯の隙間《すきま》からもれた空気と一緒に球磨《くま》なまりがもぞもぞと吐き出された。

「ご家老実吉作左ヱ門《さねよしさくざえもん》様にお目ぇかかりとうござんす」

「なに、そなたは人吉の者か」

東京育ちの家令は、ようやく実吉作左ヱ門様、という言葉を聞き取った。

「そなたは実吉様の知り合いか。ご家老は十五、六年も前に隠居なされたわ。今は、ご子息の脩吉《しゅうきち》様が執事をやっておられる」

老人は、懐《ふところ》から幾星霜《いくせいそう》も時を経て変色した書き付けを出し、家令に渡した。

表書きに仇討赦免状《あだうちしゃめんじょう》とあり、裏には二代前の藩主頼之《よりゆき》の名があった。

「仇討ち……」

と時代錯誤の訪問者に驚いた家令はそれでも言った。

「そなたも存じておろうが去年廃藩置県が断行されて、人吉藩は存在せん」

欧米の物産や技術が流れ込み、急速に変貌《へんぼう》を遂げようとする東京の町に仇討赦免状を懐に抱いて徘徊《はいかい》している者がいる。それも旧藩と関係しているらしい。

「お金庫番数馬《かずま》赤七《あかしち》の婿源二郎《むこげんじろう》」

いくぶん聞き取りやすい言葉がもれた。

「お金庫番？　国表《くにおもて》の者じゃな」

旧藩の職名を名乗った老人は、家令の当惑を尻目《しりめ》に膝の前に置いた包みをもそもそと解いた。すると生臭い臭《にお》いが漂った。風呂敷と思えた包みは羽織の袂《たもと》だった。

「……舅《しゅうと》赤七、姑《しゅうとめ》つね、妻女やえの敵《かたき》、五郎丸稔朗《ごろうまるとしあき》の首、実吉様にご検分を」

生々しい首が虚空《こくう》を睨《にら》んだ。

ごくりと息を飲んだ家令は玄関先から屋内に駆けこんだ。

数馬源二郎は、眼《め》を細めてゆっくりと庭の片隅に咲く紫陽花《あじさい》を見た。

雨空の下に咲く花は、気持ちを鬱々《うつうつ》とさせる。

敵を求めて諸国を流浪している時によく見た花だ。あてもなく旅する人間にとって足留めを余儀なくされる雨ほど気を重くするものもない。

安宿の軒先から日陰色の淡い紫が見えた。

研《と》ぎ仕事に精を出す長屋の軒端にも紫陽花は咲いていた。

源二郎は、旅先で数知れぬほど紫陽花の濡《ぬ》れそぼった花弁を眺めてきた。

だが、それも終わった。唐突《とうとつ》に終わった。

旅に出た時、源二郎は二十四歳であった。

茫々《ぼうぼう》三十五年……その顔は過酷に風雪を刻んで老いていた。

夏の長雨と異常低温、さらに大洪水がおこって奥羽一帯を大凶作が見舞った。減収七割、最上《もがみ》、仙台地方ではまったく収穫がないところもあった。

これが天保《てんぽう》四年（一八三三）に始まった大飢饉《ききん》の幕開けだ。その後、凶作、飢饉、餓死、離散、一揆《いっき》の連鎖《れんさ》は瞬《また》く間に日本全土に広がっていった。

天保七年（一八三六）、九州一円も餓死者が続出、一揆も多発した。

人吉藩でも冷夏の影響で稲には穂がつかず、三年続きの不作が予想されていた。

一揆発生を警戒して藩幹部は日夜対策に腐心していた。

彦根《ひこね》源二郎が人吉藩町奉行の刈谷《かりや》一学《いちがく》から火急の呼び出しを受けたのは、お金庫番の八十石《こく》数馬赤七の娘やえとのかたちばかりの祝言《しゅうげん》を終え、床入《とこい》りを残すばかりの頃合であった。

祝言の仲人《なこうど》は刈谷自身であり、事情は承知している。それだけに火急の用事と知れた。源二郎は刈谷の屋敷に駆けつけた。すると屋敷の敷地内に併設された道場で待てとの指示を妻女かなが伝えた。

源二郎は、板の間に正座して待った。

刈谷は愛洲移香斎久忠《あいすいこうさいひさただ》を流祖とする愛洲陰流《あいすかげりゅう》の継承者であった。この愛洲陰流は樋口念流《ひぐちねんりゅう》の流れをくみ、移香斎が三十六歳のおり、日向《ひゅうが》の鵜戸《うど》の岩屋に参籠《さんろう》、満願日の未明に神が猿のかたちに変じて奥義《おうぎ》を授けたものだという。移香斎はさらに諸国を武者修行して陰流を磨《みが》き、晩年、ふたたび日向に戻って流派を広めた。その剣技は俊敏にして変幻をむねとした。

肥後の人吉においてはめずらしい剣法を伝授する刈谷の弟子の一人が源二郎であった。

四つ半（午後十一時）になっても師匠《ししょう》は姿を見せない。

奥の座敷では、なにか会合が行われている様子だ。

じいじいっ……。

灯芯《とうしん》の音とともに行灯《あんどん》が消えた。油が切れたのだ。

十三年にわたって修行に明け暮れた板の間であった。闇《やみ》の中でも板の節穴まで見分けられた。

江戸幕府の開府から二百数十年の歳月が流れ、剣技はもはや武士の表芸ではなかった。だが、勇武の気風をほこる九州南部では、まだ剣術の腕を磨くことが盛んであった。ままにだが出世につながることもあった。

源二郎とやえとの婚儀が調ったのも、ひとえに刈谷道場の師範代としての腕を認められたからだ。

源二郎の父は藩の作事方《さくじかた》、五人扶持《ぶち》の下級武士であった。河川の改修工事に赴《おもむ》き、人夫に混じってもっこをかつぐ、それが父親の務めであった。兄の圭一郎《けいいちろう》が父の跡目を継ぐことが決まっている。

次男の行く末を心配した母は、賃仕事で貯《た》めた金で刈谷道場の束脩《そくしゅう》（入門料）を支払ってくれた。十一歳で刈谷道場に入門した源二郎は、母の言葉に忠実に従い、道場の拭き掃除から師匠一家の雑事までをこなして月謝を免除してもらった。

人吉は大藩薩摩《さつま》と接して、男尊女卑の習わしの強い地だ。

師匠の家とはいえ、女衆《おなごし》の手仕事まで手伝うとなると、あからさまに非難された。

「源二郎は変わり者のごたる、女の腰巻きまで洗ろう異風者《いひゆごろ》たい」

同輩の中には、

「いふたくれが」

とか、

「女々《めめ》しか下男《にしや》たい」

とさらに蔑みの目で見る者もあった。

愚痴《ぐち》をこぼす源二郎を母はこう叱咤《しった》した。

「源二郎、異風《いひゆ》大いに結構、それを見事に貫きなされ。難儀から抜けるために剣の修行はあっとです。下男《にしや》どんの真似《まね》もなんも恥ずかしかなか」

肥後熊本にはもっこすという言葉が生きていた。おのれの信条を守るためならば、たとえ城の石垣からでも後ろ向きに飛び下りる人間のことだ。

人吉では反骨精神の持ち主を異風者《いひゅもん》と呼んだ。中には、

「異風ではなか、威風たい」

とその硬骨漢ぶりを威張る武辺《ぶへん》の者もいた。

異風者《いひゅもん》とは権力におもねることなく、間違いとあらば殿さんにも諫言《かんげん》する士のことだ。が、異風者《いひゅごろ》と呼ばれれば、その意味するところは微妙に異なった。

源二郎は、母の言葉を肝に銘じて従ってきた。それに身分の上下も道場に立っているかぎり忘れられる。

母の願いとは別に剣術への情熱が源二郎に生まれた。

竹刀《しない》を振るってぶつかり合い、技や駆け引きを駆使することに愉悦を感じた。

入門から七年、源二郎は同僚たちとの稽古《けいこ》では実力を出すことを控えた。

源二郎はもはや師匠の刈谷以外おのれと互角に立ち合える者はいないと察しをつけていた。稽古で勝ちを得たからといって一文《いちもん》にもならぬ、憎しみをためるだけだ。だからこそ力を隠した。

天保五年初夏、国表に戻っていた藩主頼之の声がかりで藩一位を決める高覧試合が行われることになった。城下の道場の門弟や郷士の子弟と、師匠や上司に推薦された剣士三十四名が城の奥庭に設けられた広場に集められ、東西それぞれ十七名ずつに分

かれて勝ち抜き戦を戦うことになった。

源二郎も刈谷の推薦を受けて三名の同僚とともに出場することになった。

源二郎の選抜は道場のなかでも論議を呼んだ。

「道場の床掃除がなぜ選ばれた」

「奥方の腰巻きまで洗う下男《にしや》じゃど、おぼえがよかたい」

道場の仲間ですらそんな評価だ。それでも源二郎は西軍の中位ちかくに記された。

それはひとえに刈谷道場の門弟という一条によってだ。

東軍の大将は藩道場でもあるタイ捨流《しや》師範伊東秀宗《ひでむね》の一番弟子、先手組小頭の五郎丸稔朗であった。

天文《てんぶん》九年（一五四〇）に人吉に生まれた丸目蔵人佐長恵《まるめくろうどのすけながよし》が創始したタイ捨流は、太捨流、体捨流、あるいはタイ捨新陰《しんかげ》流とも呼ばれたが、ふつうはタイ捨流として伝えられてきた。

タイ捨流には極意の殺人刀太刀《さつじんとうたち》と活人剣太刀《かつじんけんたち》の二剣がある。五郎丸は殺人刀太刀の免許を授けられた遣《つか》い手だ。

江戸で修行を積んだ西軍大将の小野派一刀流佐竹忠吾《さたけちゆうご》と五郎丸がまずは人吉藩一、二位の剣士、優勝を争うものと目《もく》されていた。

東西両軍は勝ったり負けたり、源二郎が登場した時、東軍は八番手の郷士の彦山伴《ひこやまとも》八《はち》が相手であった。

竹刀を正眼《せいがん》にかまえた彦山がすり足で突進してきた。

源二郎は面撃ちを躱《かわ》すと、したたかに胴を抜いた。

検分役の刈谷すら目を奪われるほどの素早く、しなやかな反撃であった。

彦山自身、どうなったか理解がつかないまま、広場の砂を噛《か》んでいた。

源二郎は次々に立ちあらわれる東軍の剣士を自在に躱して寄せつけず、抜き去った。

源二郎が一人また一人と抜き上がるたびに喚声が上がった。そして東軍の大将五郎丸稔朗が白鉢巻も凜々《りり》しく登場した時には粛《しゅく》として声もなかった。

無名の剣士、それも下士の次男坊が藩幹部の子弟を総嘗《そうな》めに破ろうとしていた。

五郎丸の得意は自ら創始したという三段突きだ。

連続した突きを受けられる者はまずあるまいと試合前に囁《ささや》かれていた。だが、五郎丸は青ざめた顔に憤怒《ふんぬ》の表情を漂わせて源二郎と対峙《たいじ》した。

五郎丸は平静さを欠いていた。それが、負けを招いた。

源二郎は正眼にしなやかに構え、五郎丸の突きをわずかな身のこなしで避《よ》けると内懐に飛び込んで体当たりを食らわせ、よろけるところを面撃ち一本に仕留めた。

実に簡単な勝負だった。

これまで対戦しただれよりもあっさりと五郎丸は刈谷道場の異風者《いひゅもん》に片付けられた。

審判団は協議の後、西軍の上位三名を源二郎と対戦させた。だが、源二郎はことごとく退《しりぞ》けた。

この日、十三人を抜いた源二郎は殿よりお褒《ほ》めの言葉を賜《たまわ》って下がった。

藩第一位の栄誉を得た源二郎を師範代に昇進させた刈谷は、お金庫番の数馬家の一人娘やえとの見合いを仲介してくれた。

「師範代、数馬の姉さまと見合いなさっとか、おめでとうござんす」

どこから漏れたか、門弟たちがにやにや笑いながら祝いの言葉をかけた。

(まだ婿入りするとは決まってもおらぬ)

源二郎は、あいまいな相槌《あいづち》をうつとその場を立ち去った。

やえと顔を初めて合わせた時、源二郎は門弟たちが浮かべた笑いの意味を知らされた。あれは蔑み嗤《わら》いであったか。

えらの張った顔の真ん中に大きな鼻があぐらをかき、糸のように細い両眼が左右に離れていた。そのせいで眉間《みけん》が異様に広い。髪はちぢれ毛でうすかった。年はすでに三十だ。醜女《しこめ》である。

見合いの帰り道、刈谷が源二郎の顔色を窺《うかが》いながら聞いた。

「どうじゃ、嫁ごは」

「…………」

「年上である、器量もよいとはいえん。器量の悪い分な、気立ては保証する」

醜女だから性格がよい。そんな言葉を信じるほど源二郎はうぶではなかった。

見合いの席で上目遣いに値踏みするように自分を観察するやえの目が意地悪そうに光っていたのを見逃してはいない。

「師匠、お願い申す」

源二郎は足を止め、師匠に頭を下げた。

簡単には納得しまいと考えていただけに、源二郎の即答に驚いたのは刈谷の方だ。

「いいのじゃな、この話を進めて」

刈谷の驚きにはどこか蔑むような調子がこめられていた。

気付かぬふりをした源二郎は、低頭した。

人吉を天保の飢饉が黒く覆っていた。毎日が飢えに怯《おび》える生活だ、そこから抜け出られるものなら嫁女の器量や気立ては二の次、七つ年上など些事《さじ》に過ぎない。そのことを願った母は、腹を空《す》かせたまま五年前に亡くなっていた。

「源二郎、よか思案じゃっど。数馬家は禄高以上の分限者《ぶげんしゃ》たい。舅の赤七は多くの藩士が世話になる金貸しじゃ」

刈谷がめずらしく褒めた。

赤七が貸し付ける相手は、藩の上士たちや中どころの商人、まかり間違っても源二郎の家など下級の者にびた一文《いちもん》算段してはくれない。

彦根源二郎の婿入りは、その秋、行われた。だが、祝いの席には源二郎の父親さえ出席できなかった。不作続きで祝儀不祝儀《しゅうぎぶしゅうぎ》は内輪にするように藩の達しが出ていた。それをいいことに吝嗇《こすたくりん》の赤七が祝いの宴など行わないと言い出したからだ。

仲人の刈谷夫婦も三三九度が終わると早々に引き揚げた。

新郎新婦の二人だけになった時、源二郎はやえを蠟燭《ろうそく》の明かりで見た。酒の酔いに顔を赤らめた新婦の風情は、

「それなりにむぞかたい（かわいい）」

と思った。そう考えるとむくむくと欲望が湧《わ》いてきた。この年まで女を知らずに剣術の修行だけで生きてきた若者の体が素直に反応しようとしていた。

その出鼻をくじくように、やえが細い目を光らせて言った。

「お前様《めえ》は人吉でいひゅごろで通っとるげな」

やえは亭主になる男に異風者《いひゅもん》ではなく、いひゅごろと悪し様《あざま》に言った。

源二郎は黙っていた。

「そなたが数馬の金目あてなら、今からでも遅うなか。実家に戻らるるがよか。金貸しは、血筋の者が引き継ぐ習い、いひゅごろにはびた一文も触らせん」

やえが金貸しを継ぐ。

源二郎には、金銭はまかせぬというのだ。

「相分かり申した」

まずは婿の地位をたしかなものにすることだ。その後のことはゆっくりと考えればいい。

「お前様の役目じゃが、まず第一にわたしを孕《はら》ませること。数馬家の子を宿す手伝いたい」

やえはぬけぬけと言った。

源二郎の漲《みなぎ》る力が見る見る失《う》せていった。

「城下には、数馬の家を恨んでおる人間も少のうなか。借金返済の催促に逆恨みする者もおるげな。そぎゃんやからが屋敷に討ちこんでくることもあろうたい。これまで浪人者を雇ったこともありやした。じゃっど金がかかる。お前様なら、まんまを食べさせるだけでよかろ。これが第二のお役目……」

十三年の歳月、修行してきた剣の腕を金貸しの用心棒として役立てろとやえは言うのだ。

源二郎はさすがに返答ができなかった。

「さて亭主どん、床入りの時刻じゃっど」

源二郎の気持ちは白んで、欲望は失せていた。

その時だ。刈谷の使いが火急の用事と源二郎を呼び出したのは。

やえは激しく舌うちをした。

「舅どんにお断りして参る」

源二郎は寝間を出た。

「刈谷様からの呼び出しとな。まさか夜っぴいて宴の誘いとも思えぬが……いや、あの件かな」

赤七は、かなつぼ眼《まなこ》を光らせて思案すると思いあたる節でもあるのか、刈谷様の命《めい》とあらば仕方なかと婿の源二郎に外出の許可を与えた。

九つ（深夜十二時）の鐘がなった直後、足音がして刈谷の声が道場に響いた。

「なにっ、ぬしは灯もつけんで待っちょったか」

刈谷は妻女のかなに新たな行灯を運ばせてきた。

明かりが戻ると師匠が刀を下げているのが見えた。いつもの差し料ではない。

江戸在勤を終えて国許《くにもと》に戻ったばかりの徒士《かち》奉行佐々木千代三《ささきちよぞう》と見知らぬ壮年の武士の二人が道場に入ってきた。

佐々木は源二郎の風体を遠慮もなく見回すと、大丈夫かと剣術指南の刈谷に聞いた。

「うちでは異風者《いひゅもん》で通っており申す。同輩とは一切付き合いはせん、ただ稽古稽古の日々でしてな」

さすがに師匠はいひゅごろとは紹介しなかった。

「異風とな」

佐々木が刈谷に問い直した。

「まあ、変わり者であることは確か」

と答えた刈谷は、

「御前試合の模様をお聞きになったことはありませぬか」

と佐々木ともう一人の武士に聞いた。

「なに、十三人抜きを殿の前で演じた下士とはこやつか」

佐々木の無遠慮な言葉に刈谷が応じた。

「異風者にしては大事な時まで爪《つめ》を隠す小賢《こざか》しさも持っておりましてな。そこが気になるといえば気になる」

刈谷もまた容赦《ようしゃ》なく源二郎のことを二人に告げた。

「じゃっど、こやつの腕にはおいも手こずっており申す。奴らが衆を頼んだとしてもまずは安心」

源二郎には理解のつかぬことを言うと付け加えた。

「それに源二郎は猪《いのしし》を追って山歩きしておりますたい、日向へ越える山には精通しており申してな」

ようやく源二郎に向き直った刈谷は、

「彦根、江戸よりお越しの実吉作左ヱ門様じゃ」

と静かに立つ武士を紹介し、ぬしに頼みがあると旧名で呼んだ。

源二郎は源二郎で藩主相良《さがら》頼之の信任厚い御《お》側用人《そばようにん》が実吉という名前ではなかったかと、つたない記憶を引き出した。

「実吉様は、国表での公務を終えられ江戸に戻らるる。わりゃ、臼杵湊《うすきみなと》まで実吉様と同道致せ」

刈谷の言葉を補うように佐々木が告げた。

「実吉様の人吉滞在は、極秘のことであった。それがな、ここにきて漏れた節がある。万一とは思うが、用心にこしたことはない。不届き者たちが実吉様を襲うようなことがあっては、人吉入国を命じられた殿に申し開きがたたん」

徒士奉行は、言外に危険を伴う警護であることを述べている。

人吉藩は中老職万頭《まず》丹後《たんご》派と江戸勤務から戻った改革派の家臣との間の争いが絶えなかった。

万頭家は門葉《もんよう》と呼ばれる藩祖長毎《ながつね》以来の譜代の臣を束ねていた。

人吉藩には文政《ぶんせい》四年（一八二一）に家老に昇進した田代政典《たしろまさのり》がいる。だが田代は急激に力を蓄えた万頭らの動きを黙視したまま静観している。

ともあれ五人扶持の次男には無縁のもの、どちらからも誘いが掛からなかった。それが紛争に巻きこまれようとしていた。

「出立《しゅったつ》はこれからじゃ。数馬の家にはおいから事情を説明しておくけぇ安心せぇ」

刈谷が思い出したように付け加えた。

「そうそう、御用人、源二郎は今宵《こよい》祝言を挙げたばかりでしてな。床入りの場から駆けつけた次第……」

そう言った刈谷は、

「嫁女ば抱いたか」

と源二郎に不躾《ぶしつけ》な問いを発した。

源二郎は小さく顔を横に振った。

「なにっ、まだてや」

実吉作左ヱ門が呆《あき》れた顔で刈谷を、そして恥ずかしさに顔を伏せる源二郎を眺めた。

刈谷は、かたわらに置いた刀をとると源二郎に差し出した。

「ぬしのがたくり丸では、まさかの時に役にたたんたい。これを持っちょけ」

源二郎は師匠の顔を、差し出された刀を見た。拵《こしら》えも無骨なほどしっかりした肥前《ひぜん》造りの大刀だ。がたくり丸と師匠が呼んだ源二郎の安物とは比較にもならない。

「肥前国近江守忠吉《おうみのかみただよし》、結婚祝いたい」

源二郎は、礼の言葉をもそもそ述べると刀を拝受し、しばらく間を置いて鞘《さや》を抜いた。刃渡り二尺三寸四分（約七十一センチ）、地鉄《じがね》は肥前特有の小板目。素朴な鍛えが剛刀を思わせる。

源二郎は胸の奥にぞくっと身慄《みぶる》いが走ったのを感じた。師匠が発した非礼の言葉をすべて忘れた。やえのことさえ頭から飛んでいた。それほどの刀だった。

「礼はよい。なんとしても実吉様を無事に臼杵湊まで、いや、場合によっては江戸までお送り申せ」

二

人吉藩の参勤交代《さんきんこうたい》は人吉城の水の手門から鎗《やり》を立てた舟を先頭に名にしおう球磨川の急流に乗せ、一気に八代《やつしろ》まで下る。そこから陸路と変わる。復路は陸路をとって八代から佐敷《さしき》に出て、人吉街道を球磨川ぞいに一勝地、中神を経て城下に到達した。だが、球磨川下りばかりが参勤交代の道ではない。人吉から日向への道は、南下しての大畑《おこば》から霧島へいたる加久藤《かくとう》越えと、東に領内を進んで米良《めら》にいたる横谷峠越えがあった。

加久藤越えは難所だが薩摩、日向への重要な交通路であり、横谷峠越えは交代寄合旗本米良主膳《しゆぜん》領の米良山と人吉を結ぶ街道で一般の旅人の出入りは許されていない。刈谷は球磨盆地と日向を結ぶ最短の横谷越えを源二郎に示唆《しさ》した。

源二郎は球磨川沿いを上流へ向かう街道を避け、一本南の百太郎溝に沿った往還を選んだ。百太郎溝は球磨川と原田《はらだ》川の間に水路を掘削し、岡原《おかはる》村など水不足の村々に球磨の水を運んだ藩自慢の灌漑《かんがい》用水だ。

「藩内を外城《とじょう》が取り巻いていると聞いたが」

江戸生まれの作左ヱ門が不安を顔に見せて聞いた。

外城とは薩摩と人吉藩だけが保持し続ける古来の防衛組織だ。要所要所に砦《とりで》を残し、数人の知行取藩士を居住させ、外敵の侵入を防いだ。人吉藩内には、原田、薩摩瀬、七地《ひちち》、大畑《おこば》、一武《いちぶ》、上村、多良木《たらぎ》、湯前《ゆのまえ》、西裏、深水、柳瀬、四浦《ようら》、岩野と十三もの外城があり、その他の村にも農民でもある無給の郷士が住んで兵農未分離、中世の遺香を残していた。これらの大半の外城を中老派の門葉が押さえていた。

「われらが向かう横谷越えまでには七地、大畑、一武、多良木、湯前といくつもの外城がございますれば、避けて行き申す」

作左ヱ門は源二郎に導かれて水音が響く闇夜をひたすら前進した。うっすらと行く手の空が白んできた。

「これより山に入ります。その前に……」

江戸の重役を切畑集落の外れの粗末な田舎屋に案内した。猟師の吾作《ごさく》とは猪を追って、生死を共にしてきた仲だ。すでに吾作も女房も起きていた。

「彦根しゃま」

吾作は突然訪ねてきた源二郎の顔を見ると驚きの声を上げた。

「朝めしば食わしてくれんね」

吾作は源二郎のあとから入ってきた作左ヱ門を気にしたように言った。

「雑炊《ぞうすい》しかなか」

「そいでよか」

吾作は源二郎の気配に特別な任務を察知したようだ。黙りこくって立つ女房に朝めしを用意させた。稗《ひえ》といもなどが入った水っぽい雑炊だ。だが、夜道を歩いてきた作左ヱ門の胃には甘く感じられた。

吾作はさらに女房に隠し持っていたわずかな米を出させるとめしを炊かせた。貴重な握りめしには瓜《うり》の味噌《みそ》漬けが添えられ、竹皮に包まれた。

「造作をかけたな」

作左ヱ門が小粒《こつぶ》を盆の上におくと怯《おび》えたままの女房に頭を下げた。

二人は早々に切畑集落を発《た》った。

野良《のら》仕事に出かける百姓たちと顔を合わせぬよう、吾作の家の裏から山道に入った。しばらく杉林の斜面を行くと、はるか下に三叉路《さんさろ》が望めた。

「実吉様、右に向かえば横谷峠を越えて日向領国府に出ます。もし追っ手が参るとすれば参勤道中にも使われるこちらの方……」

刈谷が指示した道だ。だが源二郎はもう一本の山道を指した。

「あれがわれらが向かう湯山越えでござえます。道はけわしかが、まずは安全かと」

「そなたに任す」

二人は三叉路に下りると湯山峠への山道を選んだ。

標高五千五百尺余（約千七百二十一メートル）の市房山の西斜面を抜ける険阻な悪路だ。

江戸育ちの作左ヱ門は荒い息をつきながらも必死で従ってきた。

一刻《いっとき》（二時間）後、小さな尾根に差し掛かり、源二郎は足を止めた。

一息ついた実吉が額《ひたい》の汗を手ぬぐいで拭《ぬぐ》った。

「祝言の夜に連れ出して、気の毒をさせたな」

源二郎は曖昧《あいまい》に顔を横に振って答えた。

「嫁女はどうでんよかです。腹いっぱしめしば食べたいですもんで」

不審の顔で作左ヱ門が見た。

源二郎は、貧しさを抜けでるために婿入りした事情をとつとつと話した。

作左ヱ門の顔に一瞬侮蔑《ぶべつ》の色が走った。

御前試合の当日まで実力を隠してきたという源二郎の抜け目のなさを合わせて嫌悪《けんお》

する気持ちがそうさせたのだ。だが江戸育ちの能吏《のうり》はすぐに押し隠すと言った。

「そう卑下《ひげ》したものでもない。夫婦などというものは長年連れ添ううちに味が出ることもある」

やえの容貌も曲がった性格も作左ヱ門は知らんと源二郎は思った。

「江戸にいては、国表の実態が分からぬな。藩士までが一日一度のめしも満足に食しておらぬ。すべてを飢饉のせいにしておるが、人吉藩の場合は腹黒い鼠《ねずみ》どもが私腹を肥《こ》やしている。それがおぬしらを一層苦しめてきた……」

作左ヱ門は極秘の国入りの任務を源二郎にもらしていた。

「調べは無事に終わったのでごぜえますか」

「およそのところは摑《つか》んだつもりじゃ。それがしの懐にある調書を殿がお読みになれば、おそらくは数か月のうちに……」

大きな粛清《しゆくせい》改革が進行するのだろうか。

源二郎は確信が持てなかった。それよりもこの好機を逃してはならないと、改めて思った。

「そなたが婿入りした先は、なんと申す」

はぐらかすように作左ヱ門が話題を変えた。

「お金庫番の数馬でごぜえます」

「赤七どのか。そなたの舅どのには大いに助けてもらった。調べが早くついたのも、そなたの舅どののおかげだ」

源二郎は、意外な展開に相手の顔を見た。

「なにしろ赤七どのは藩金の流れも城の外の金銭も熟知なされておられる。説得には苦労したが、それだけの価値はあったというものだ。帳簿の写しが雄弁に彼らの不正を物語っておる」

義父が江戸から密行してきた作左ヱ門に手を貸したばかりか、証拠の帳簿を提供した様子だ。

「どうやらそれがしの任務も無事に終わりそうじゃ。功績の第一は、数馬赤七どのかな」

「実吉様、藩改革が無事に済んだ暁《あかつき》には、おどんば江戸に呼んでくださりまっせ」

源二郎がここぞとばかり言うのを作左ヱ門が驚きの顔で見返した。

「出世がしとうごぜえます。白かめしば食いとうごぜえます」

「それがおれを江戸に戻す報奨か」

少し感情をあらわにした作左ヱ門に源二郎はうなずき返した。

「おぬしの働きをまだ見ておらん」

そう実吉が答えた時、源二郎は、追っ手の気配を感じとった。

（どうして湯山越えを見破られたか）

「値踏みしてくだせえ」

「追っ手か」

うなずく源二郎に作左ヱ門が命じた。

「なんとしても日向領内に駆けこまねばならん」

「あぎゃん衆《し》は先行させまする」

道中は長い。

源二郎は山道に慣れない作左ヱ門を連れての逃走は追いつかれると判断した。

「どうする気じゃ」

源二郎は山間を抜ける峠道を眼下に見下ろせる岩場に実吉を伴った。

四《し》半刻《はんとき》（三十分）後、七人の追っ手が姿を見せた。

鉄砲一丁を持つ足軽を従えた追っ手の頭分は、源二郎が知る人物だった。

先手組小頭五郎丸稔朗は二年前の御前試合で東軍大将を務めた上士だ。

源二郎によって得意の突きを破られ、体当たりまで食らい、さらにはしたたかな面撃ちを受けて敗北した。

五郎丸は藩随一の剣を自任していただけに敗戦の衝撃は大きかった。その直後、山田町の遊郭街には酔って歩く五郎丸の姿がしばしば見受けられたとか。だが、父親の宗門奉行五郎丸光右衛門《みつえもん》にきびしく諌《いさ》められて、打倒源二郎を誓って前にも倍した稽古を積んでいると噂《うわさ》されていた。

五郎丸家は門葉一門、光右衛門と中老万頭丹後とは従兄弟《いとこ》の間柄になる。

峠を登ってきた一行は、源二郎と作左ヱ門が潜む岩場の下で一息ついた。

「もはや国境を越えたちゅこつはあるまいな」

「いえ、猟師の家を出たんが六つ半（午前七時）前、彦根は江戸者を従えちょります。時間はかかりますたい」

稔朗の言葉に一人の藩士が答えた。

吾作の家に出入りするのを見られたか。そのうえ源二郎の同行も知られていた。

「湯山峠までには追いつくじゃろ」

「あやつ、数馬家の金に目がくらんで評判の醜女と祝言したというではなかか」

「床入りもせずに江戸者に使われとっとですか」

一行が高笑いした時、後発隊五人が追い付いてきた。

「始末したか」

五郎丸が聞いた。なかの一人が鉄砲を差し上げて、

「夫婦してとどめを」

と答えた。鉄砲は吾作のものだ。

(吾作と女房はなんの科《とが》もないのに殺された……)

五郎丸らの残酷な所業に憤りが湧いた。そして危険な任務をようやく悟《さと》らされた。

「出発するぞ。御側用人と彦根を始末するまで国には戻れんち思え」

五郎丸稔朗が命じて、追っ手は源二郎らに先行していった。


「猟師夫婦にはすまんことをしたな」

実吉作左ヱ門が源二郎に沈んだ声で言った。

「実吉様、これまで以上に道は険《けわ》しうなりまする」

源二郎はただそう答えた。

湯山峠へ向かって続く山道を見下ろす斜面を分けての難行が始まった。

作左ヱ門も息を弾ませながらも必死で従ってきた。

一刻《いっとき》後、樹間から追っ手三人が谷川の水に足をつけているところが認められた。足

裏に肉刺《まめ》でも作って脱落したらしい。

「この場でしばらく……」

源二郎はへたりこんだ作左ヱ門を残して音もなく斜面を滑り下りた。猪猟で鍛えた風下からの忍びだ。

作左ヱ門は追っ手たちが休むすぐそばの岩場に棒切れを手にした源二郎が忍び寄るのを見ていた。動きはあたりの樹木や薄《すすき》とまぎれて巧妙だ。しばらく岩陰で歩みをとめた源二郎は、野猿のように岩場に飛び上がった。

異変に気付いた三人が立ち上がった。

次の瞬間には、棒切れがしなやかに弧を描いて胴や胸を襲った。声もなく倒れ伏すかたわらから源二郎が手を振った。

作左ヱ門が藪《やぶ》の斜面を下りていくと源二郎が鉄砲を調べていた。

「吾作のものか」

源二郎がうなずくと足軽から取り上げた玉薬筒と火縄の予備を腰に括《くく》りつけた。

「あと九人……」

源二郎はそう言うと山道を追尾し始めた。

さらに半刻《はんとき》後、源二郎は下ってくる人の気配を感じとった。

作左ヱ門を藪陰に隠した源二郎は、山道に覆いかぶさるように枝を広げ、蔦《つた》のからむ椎《しい》の大木に登った。

二人の藩士が小走りに駆け下ってきた。

源二郎の下を通りすぎようとした時、枝に足をからめ、逆様にぶら下がった源二郎が音もなく二人の頭上を襲った。一人の首を絞めて投げ出すと猫のように逆転して山道に飛び下りた。立ち竦《すく》んだもう一人の鳩尾《みぞおち》を源二郎の拳《こぶし》が殴りつけ、あっという間もなく二人を倒した。

「七人」

源二郎らは再び歩きだした。

山道はさらに狭くなり、顔や肩を薄の穂が打った。

岩場を越えると視界が開けた。

源二郎と作左ヱ門は伏せたまま、山並の斜面に細い道が谷川にそって伸びる様子を眺めた。

谷は深く、山道は四、五丁（約四百四十～五百五十メートル）あまりも続き、身の隠しようもない。

「この峡谷ぞいの道を辿《たど》るしか日向には抜けられんのか」

「ござんせん」

源二郎は秋の陽射しを投げる太陽の位置を見上げて呟《つぶや》いた。

「八つ（午後二時）の頃合か」

源二郎は作左ヱ門を岩場の陰に誘い、昼めしにしようと言った。

二人は吾作と女房が用意してくれた握りめしを竹筒の水で一つずつ食べた。

「実吉様、江戸に出れば白いめしが食べられますな」

「とばかりはかぎらんが」

江戸にも天保の飢饉で農村を離れた流浪の民が流入して御救小屋《おすくいごや》が出来ていた。

「白かめしを初めて食べ申した」

指の米粒を名残《なご》りおしそうに源二郎は舐《な》めた。

「おれの分を食べるか」

「いえ、残しておきまっしょう。日向に出るまでに何日もかかるかもしれん」

源二郎は残りの二個を丁寧《ていねい》に竹皮にくるんで戻した。

「少し休みまする」

そう言った源二郎は岩に背をもたせかけ、あっという間に眠りこんだ。

実吉作左ヱ門は江戸勤務にしてほしいと願った若者の寝顔を複雑な思いで見詰めた。江戸で想像したよりもはるかに国許人吉の惨状はひどいものだった。この数年繰り返された天災と凶作のうえに、藩の幹部が不正を働いているのだ。

人吉藩は球磨盆地を治め、表高二万二千百石、実高は五万二千九百石。この他に桑、漆《うるし》、茶などの雑税が米高に直して五百石。さらには〝長崎買い物〟と称して緞子《どんす》、黒綸子《りんず》、毛氈《もうせん》、びろうどなどを長崎で仕入れ、京都へ売りさばいて利を得ていた。

これが藩財政の赤字をなんとか補塡《ほてん》してきたのだ。

米はこのところの天候異変によって凶作が続いていた。

中老の万頭らは年貢の不足を補うと称して〝長崎買い物〟の規模を広げ、門葉一門の私腹を肥やすことに使っていた。それが藩財政を大きく悪化させ、藩士たちの勤労意欲を殺《そ》いでいた。

改革を主導すべき御国家老の田代政典は〝眠り達磨《だるま》〟とよばれて、為《な》すすべもなく見守っているだけだ。

(なんとしても任務を果たさねば……)

一刻《いっとき》(二時間)あまりが過ぎた。

ふいに目を開けた源二郎は、吾作の鉄砲の火縄を火打ち石で点火した。

「どうする」

「実吉様、この場でゆっくりと五百ほど数えた後にな、山道をまっすぐに進んでください。大事はござんせん」

「そなたは」

なにも答えず、源二郎は薄の穂のなかへと姿を没した。

作左ヱ門は言われた通りに五百を数え終えた。

秋の陽射しがすでに大きく傾き始めていた。

三

「さていくか」

声を出した作左ヱ門は、開けた山道に身を乗り出した。谷から吹き上げてくる風が作左ヱ門の髪を乱していく。そしてだれかに見られているような感覚に苛《さいな》まれた。

作左ヱ門が身を隠す場所とてない崖道《がけみち》を二丁（約二百二十メートル）あまり行った時、乾いた銃声が響いた。

反射的に身を屈《かが》めた。間をおいて顔を上げると、鉄砲を手にした追っ手が谷に転落していくのが見えた。

（源二郎はどこにおるか）

あたりを見回したが、その気配はない。

作左ヱ門の行く手に刀を振り翳《かざ》した二人の男が立ち上がった。

距離は半丁（約五十メートル）あまり、必死の形相でなにごとかわめきながら、作左ヱ門の方に走ってくる。

作左ヱ門は立ち上がると刀を抜いた。人並みに剣術の修行はした。が、藩政にかかわるようになって多忙を極め、久しく竹刀を握ったこともない。

先頭の男は両眼を異様に見開いたまま、刀を背負うように迫ってきた。

（源二郎、どこにおるのだ）

斬《き》り合いを覚悟した時、再び銃声が山にこだました。

先頭を走る襲撃者が足をもつれさせ、谷に倒れこんでいった。いま一人の男は狭い谷道で立ち竦み、踵《きびす》を返すと日向領に向かって戻っていこうとした。

山道の上の薄の群生がなびいた。

源二郎が穂の間に見え隠れして剽悍《ひょうかん》に追っ手に迫る。

（天性の狩人ではないか）

自分の技量に値をつけろと言った下士の行動を作左ヱ門は驚嘆の眼で見ながら、

（この男、江戸でも使えるかもしれん）

と思案していた。

最後の急崖《きゆうがい》を一気に駆け下った源二郎は、獣のように背後から飛び掛かり、鉄砲の銃床で背を打ちすえた。

「残り四名……」

と、独語した源二郎に連れられて作左ヱ門は谷ぞいの狭道を走ってぬけた。

「もはや日向領はそこ」

「国境には役人が詰めておるのか」

「猪、熊の類《たぐ》いしかおりませぬ」

四名の追跡者が最後の襲撃を試みるとすれば人吉領内であろう。だが、予測に反して国境の高札のある峠をなにごともなく越えた。

「どうしたことであろうな」

日が釣瓶《つるべ》落としに人吉領へと沈もうとしていた。

「実吉様、野宿の場所を探さんばなりまっせん」

「日向領の地理にもくわしいか」

「手負いの猪を追ってしばしば越境したことがごぜえます。それにわが愛洲陰流は日向が故郷……」

源二郎は山道を外れて作左ヱ門を藪のなかへ案内した。岩場のあいだに小さな祠《ほこら》があり、その背後に洞窟《どうくつ》があった。

猟師たちが寝泊まりする隠れ家のようだ。

「ここなら火を使ってもまず見付かる懸念《けねん》は……」

源二郎は手早く粗朶《そだ》を集めて火を熾《おこ》した。

「彼らもどこかで野宿をしておるか」

「夜、山を動くのは危険です。この近くで夜明けを待っておりまっしょ」

源二郎は吾作の女房が握ったにぎりめしを作左ヱ門に一つ渡した。

「明日もまた山歩き、五郎丸様らと勝つか負けるかは、どちらが体力を残しているかにつきまする」

「五郎丸とは宗門奉行の五郎丸光右衛門の親類か」

「ご子息でございます」

人吉藩には宗門奉行が四名と多い。これはキリシタン取締ばかりではなく真宗禁制を打ち出しているからである。

天文年間、加賀の国で一向一揆が繰り返された。その後年のことだ。信長《のぶなが》は石山本

願寺との戦闘に明け暮れた。このことは
「真宗恐ろし」

の念を為政者の頭に植え付ける結果となり、禁制にした。

だが、時代がくだって幕藩体制が安定してくると幕府も諸大名も真宗をキリシタン弾圧に利用、その信仰を認めた。しかしながら薩摩と人吉はがんとして真宗禁制を解くことはなかった。それが宗門奉行四名体制であり、筆頭が五郎丸光右衛門であった。

「殿から御前試合の様子を聞いたことがある。そうか、そなたが倒した東軍大将が藩屈指の遣い手と評判の五郎丸か」

うなずくと源二郎は言った。

「腕前はタイ捨流の極意を会得された五郎丸様の方が格段に上……」

「……勝ったのはそなた」

「油断されたとです。肥後人吉ではめずらしい愛洲陰流刈谷道場の床拭《ゆかふ》きなどに負けるわけがなかと軽んじてかかられたとです」

「源二郎、なぜ御前試合の時まで腕前を隠した」

源二郎は唇を歪《ゆが》め、しばらく黙っていたが、

「母じゃは貧しさを抜けでるために剣の修行をせよと申しました。そのためには、な

んとしても人吉第一等になり、江戸に出よと……」

と昼間の論を繰り返した。

「母じゃが江戸の言葉を仕付けられたのも、その時のため」

「そなたの母は江戸を知っておるのか」

「いえ、江戸在勤から戻られた上士の家々を訪ねては習われたとです」

母と子は必死で貧しさから抜け出るために努力をしてきたのだ。

「江戸に出てなにをやる」

「江戸随一の剣客《けんかく》を打ち破り、剣名を上げます。さすれば母のように腹を減らして死ぬこともなかでっしょ」

「そなたは数馬の家に婿に入ったではないか」

源二郎は床入りを前にやえが宣言した言葉を思い出していた。

婿には一切金は触らせぬ、婿は子をはらませる種馬《たねうま》、さらには無給の用心棒……。

「実吉様、婿は婿、それがしの境遇はいささかも変わりませぬ」

「源二郎、時代も激変しておる。志《こころざし》を大きく持て」

「実吉様、志とはなんでござります」

「人吉藩内で門葉だ、江戸の改革派だと争っておる時ではない。徳川幕府が始まって二百余年、綱紀に緩《ゆる》みが生じておる。ここ数年、天候不順が続くにしても、大飢饉が繰り返されるのは幕府の機能が衰えているからだ。異国の船もわが国の沿岸に姿を見せて、揺さぶりをかけておる。幕藩体制を揺《ゆる》がす事態が次々に起こっておるのだ。物ごとは大きく見よ、さすればそなたの歩く道がおのずと分かる」

作左ヱ門の話は曖昧《あいまい》として源二郎には分からなかった。

源二郎の望みは、出世することだ。二百か三百石取りになれば、腹を空《す》かせることもあるまい。

「実吉様は人吉に門葉一味の悪巧《わるだく》みを暴きにこられたのではありませぬか」

「藩の改革はな、来るべき激変に備えるためにじゃ。その折り、藩の足腰がしっかりしておらんと困る。そなたの腕が真に必要になるのはその時じゃ」

（どうやら用人はおれの腕前に値をつけたようだ）

源二郎の脳裏に漠《ばく》とした未来が広がった。

朝、市房山の頂きにはうっすらと初雪が積もっていた。

もはや食べものとてない。水を口にした二人は再び日向領へと足を向けた。

作左ヱ門は肉刺《まめ》のせいで足を引き摺《ず》りながらの歩行となった。

半刻《はんとき》も歩くと靄《もや》が立つ細流に出た。山道は流れにそって下っている。

「この先に矢立《やたて》という集落がございます。矢立の先で小崎峠と大河内越えの二筋に道は分かれまする。五郎丸様が待ちうけるとすれば矢立の辻《つじ》」

五郎丸らは山での露営を嫌って矢立に下り、集落の一軒に入りこんで夜を明かして源二郎らを待つ作戦をとったか。となれば屋根の下に寝て、朝めしも食したはずの五郎丸ら四名は十分に休養をとり、体力を温存したことになる。

下り谷と呼ばれる急坂を下った源二郎は足の運びを緩め、作左ヱ門を先に立たせた。木の間隠れに見えだした里は朝靄に包まれていた。

「集落に到着したようじゃな」

作左ヱ門が後ろを振り返ると、源二郎の姿はいつの間にか消えていた。ひとり行けということか、仕方なく作左ヱ門は歩き出した。

山道が終わり、粗末な小屋や納屋の間を抜ける小道へと変わった。

作左ヱ門はどこかで肉刺の治療ができぬかと見回した。

集落全体を息をこらすような緊張が覆って、人影もない。

刀の柄《つか》に手をかけ、ゆっくりと集落を通り過ぎると、川に出た。

流れにかかる木橋の向こうは濃い靄で見えない。

橋板に足を載せた。

水面から風が吹き上げ、靄が散った。

三叉路の壊れかけた納屋の前に地蔵仏が見えた。

鉢巻に襷《たすき》がけ、厳重な足ごしらえの刺客《しかく》が作左ヱ門を待ち受けていた。

「御側用人実吉作左ヱ門どのとお見うけいたす」

源二郎より三、四歳も年上か。才気走った相貌の若者が尋《たず》ねる。

「そなたは」

五郎丸稔朗、と悪びれもなく答えた若者が、

「彦根源二郎はどこにおります」

「はぐれてしもうた」

「そのようなざれごとを」

従者たちが剣を抜き放った。

「お調べの書類とお命をもらいうけ候《そうろう》」

「藩主頼之様の命《めい》じゃぞ」

「門葉を妄《みだ》りに貶《おとし》める策謀でございます」

「門葉派は藩名を騙《かた》りて、巨額の利益を一門で独占しておる。なんのための蓄財か。

〝長崎買い物〟は、藩財源に繰り入れるべき金じゃ」

「門葉は人吉藩の創誕以来の中核、江戸者には分かり申さぬ」

人吉藩相良氏は天正《てんしよう》十五年（一五八七）の豊臣秀吉《とよとみひでよし》の九州侵攻には薩摩に属して戦ったが、老臣深水《ふかみ》宗方《むなかた》の尽力で旧領球磨郡を安堵《あんど》された。以来、権勢を誇る門葉の中心の深水一族は、藩主あるいは家老に敵対する所行を二度三度ととり、その度に多大な犠牲と流血と憎しみを招いてきた。

深水一族は没落したが、門葉はさらに結束をかためて藩に深く根を張っていた。

「江戸者のおれに分からぬこととはなんじゃ」

「宝暦《ほうれき》九年（一七五九）七月、われら門葉は頼央《よりひさ》様を鉄砲で撃ちかけて暗殺したと汚名をきせられ、門葉一統は手酷《てひど》い弾圧を受け申した。以来われらは密《ひそ》かに力を蓄え、一門を守るために資金を蓄えてきた」

俗に竹鉄砲事件とよばれるものである。それに先立つ宝暦八年、頼峯《よりみね》が江戸で病死、門葉に理解を示す弟の頼央が弱冠二十二歳で藩主の地位についた。

初のお国入りの直後、球磨川薩摩瀬の観瀾亭で休む頼央を対岸から二つ玉強薬《つよぐすり》の鉄砲で撃ちかけて死亡させた事件が起こる。

側近たちは銃声を竹鉄砲（爆竹）と公表、死因を隠した。

事件の背景には、藩士の困窮ははなはだしきをもって希望者には御手判銀を貸し付け、元利返済は俸禄から差し引くという政策を巡《めぐ》っての家老派（大衆議）と門葉派（小衆議）との対立があったとされる。だが、真相は闇に包まれたままだ。

「そなたらの専横《せんおう》は一門を守るためというか」

「いかにも七十数年前に起こった竹鉄砲事件を教訓に門葉派は、国許の人脈拡大に動き申した」

中老に門葉の万頭丹後を送り込み、門葉にあらずば人にあらずの強固な態勢を造り上げていた。かつて家老派と門葉一派で争われたものが、七十数年後、国許の門葉一門と江戸に在勤した改革派にかたちをかえて対立していた。

「五郎丸稔朗、もはや門葉だ、竹鉄砲事件の恨みだという時代ではない」

「江戸者はその口先でごまかす」

刺客たちが作左ヱ門にじりじりと迫ってきた。

「たとえわれらを倒したとしてもな、第二、第三の手だれがそなた様を襲い申す。江戸にはとうてい戻れん」

五郎丸は自信たっぷりに言い放った。

緊迫した空気に耐えられなくなったか、集落のどこかで犬が吠《ほ》えた。

刺客の視線がそちらに逸《そ》れた。
その瞬間、源二郎が流れにかかる橋の下から辻に飛び上がった。
剣を構える三人の間を疾風《はやて》のように源二郎が駆け抜けた。
悲鳴を上げる間もなく三人は吾作の鉄砲の銃床に腹を、胸を強打されて転がった。
「彦根源二郎」
五郎丸が叫び、源二郎は反転して向き合った。
「残りは一人……」
源二郎は鉄砲を投げ捨てた。
「御前試合の二の舞はせぬ」
五郎丸が大刀を抜いた。
源二郎も師匠の刈谷から贈られた肥前国近江守忠吉二尺三寸四分の鞘《さや》を払った。
掌《てのひら》に吸いつくように鮫《さめ》革の柄《つか》が心地よい。
五郎丸は反りのない剣の柄を両手に持つと水平に寝せた。
得意の三段突きの構えだ。
源二郎は中段にゆったりとつけた。
五郎丸の直刀の切っ先が源二郎の喉仏《のどぼとけ》あたりを狙《ねら》って差し出され、引かれ、また差し出された。その動作が繰り返される。

源二郎は切っ先が引かれる瞬間に攻撃の間合いを合わせた。だが、前進後退の動きはひとつの流れを形作り、源二郎の焦《あせ》りを誘って付け入る隙《すき》がない。

動きが速くなった。そして眠りでも誘うように緩やかに転じた。

手元に引かれた剣の切っ先が伸びてきた。

源二郎は払いながら後退させられた。

二段目がさらに襲った。

再び払い、下がった。そして最後の突きがしなやかに押し寄せてきた。

源二郎はその場に踏み止《とど》まりながら片足立ちで回転すると、かろうじて突きを避けた。二人の剣士の向き合う場が交替した。

源二郎は思わず、小さな息を吐いていた。

ふうっ……。

得意の突きが破られた五郎丸は中段に、源二郎は脇構えに変えた。

間合いは二間。

再び静寂《せいじゃく》が山里を包みこむ。

長い対峙の時が流れた。

静寂を破って鶏《とり》が時を告げた。

それに誘われるように五郎丸が叫び声を上げて走った。

「タイ捨流極意、殺人刀太刀！」

それでも源二郎は動かない。

五郎丸の剣が源二郎の肩を鋭く袈裟《けさ》に襲った。

作左ヱ門は源二郎が倒れこむ姿を脳裏に描いた。

だが、悲鳴を上げたのは五郎丸稔朗だ。

源二郎の体が沈み、白い光が走って、車輪に回された刀が五郎丸の胴をないでいた。

鈍い音が響いて、つんのめるように五郎丸が地面に倒れこんだ。

源二郎は素早く五郎丸のかたわらに膝を突き、忠吉の切っ先を喉にあてた。

「なにをする」

作左ヱ門が叱責《しっせき》した。

「この者、鎖《くさり》かたびらを着こんでおりまするゆえ、意識を失っておるだけ。御側用人様が無事に江戸に帰着なさるためには命を……」

「……ならぬ。源二郎、無益な殺生《せっしょう》が争いを繰り返させる。先を急ぐ、もはやこの者たちは追ってはこられまい」

作左ヱ門は辻を離れた。

(毒蛇の頭だけは潰《つぶ》すのが猟師の決めごと)

源二郎はそう思いながら、五郎丸稔朗の喉首にあてた刀をゆっくりと離した。

四

臼杵領の小丸川を下り始めた時、実吉作左ヱ門のつぶれた肉刺《まめ》が膿《う》んだ。もはやわらじを履《は》ける状態ではない。

源二郎は作左ヱ門を山道から外れた炭焼きの家に伴い、肉刺が完治するまで逗留《とうりゅう》させてくれと頼んだ。承知した炭焼きが、

「お侍の足に合うかどうか」

と差し出したのは野山に自生した薬草を調合した練り薬だ。

それが効いたか、作左ヱ門の足は三日ばかりでなんとかわらじが履けるまでに回復した。だが、三日間の停滞が再び門葉一統の追跡を許すことになる。

日向街道に下りた二人は夜旅に変えた。

その夜、日向宿を四つ半(午後十一時)ごろに出た二人は薄闇の夜明けに土土呂《ととろ》浜に差し掛かった。そこに門葉派の送った刺客七人が待ちうけていた。

源二郎は彼らの持つ提灯《ちょうちん》の明かりに浮かぶ顔を見た。

六人の若者に混じって手槍《てやり》を杖《つえ》のようについた老人がいた。

源二郎の見知らぬ顔だ。

「五郎丸光右衛門どのだな」

作左ヱ門が呟《つぶや》くように聞いた。

「いかにも宗門奉行五郎丸光右衛門、息子が二度も下郎の剣に敗れたとあっては武門の恥辱《ちじょく》」

「それでご老人が出馬されたか」

作左ヱ門が今度は溜《た》め息《いき》をつくと、言葉を改めた。

「五郎丸光右衛門、そなたに申し聞かせる。それがしの人吉密行は頼之様御直々《おんじきじき》のお指図。われらが行く手を阻《はば》むは主君への謀反《むほん》」

討ち手のなかに動揺が走った。

「こざかしか」

老人が吐き捨てると手槍を構えた。

六人の鯉口《こいぐち》は切られていたが、剣はまだ鞘の中だ。

源二郎は六人のうち三人の顔を見知っていた。

御前試合の出場者で、源二郎と同じく西軍に組み分けられていた。

一人は江戸の藩邸育ちの田坂久四郎《たさかきゅうしろう》、直心影流《じきしんかげりゅう》をつかう巧者と聞いていた。残りの二人は外城につめる郷士、源二郎は名前を思い出せなかった。ともあれ同じ組に所属していたゆえに竹刀を交えていない。

「光右衛門、門閥の利に走ることが相良武士のなすことか」

「せからしか」

作左ヱ門の叱責に光右衛門が応じ、

「いつまで木偶《でく》の坊のように突っ立っちょるか」

と六名の連れに向かって怒号した。

その声に煽《あお》られて一斉に剣を抜いた。

源二郎は気配もなく走った。

狙いを田坂に定めて抜き打ちに胴をないだ。

田坂は源二郎の行動を読んだように横へ飛んだ。

源二郎はそれでも大きく車輪に回した。その剣先が田坂の左手にいた男の腰にとどいて、斬り割った。

左手から上段打ちが襲ってきた。

背を丸めて剣の下に入った源二郎は相手の胸部を肘《ひじ》で強打した。

腰砕けになった相手の股《また》をなぐように払う。そうしておいて作左ヱ門のかたわらまで飛び下がる。

作左ヱ門は手槍の光右衛門と剣を交えている。

源二郎は二人がそこそこ互角の腕前と見た。

「宗門奉行はおまかせしましたぞ」

源二郎はそう叫ぶと田坂を探した。

田坂は源二郎が斬った男たちを乱戦の場から引き出していた。

「田坂久四郎様、お手前の直心影流を拝見しとうございます」

源二郎は田坂に尋常《じんじょう》の立ち合いを所望した。

(江戸で育った者なら一対一の戦いに応じるはずだ)

田坂が源二郎の意図を悟って嗤笑《ししょう》を浮かべた。

「よかろう、そなたが御前試合で見せた変幻自在の技を見せてもらおうか」

田坂はまだ健在の三人の同僚を手で制して命じた。

「おれがこやつに倒された時は、退《の》け。おまえらが束になっても敵《かな》わんということだ」

田坂は正眼に剣をとった。

源二郎も相正眼で対峙した。

かたわらでは作左ヱ門と光右衛門の死闘が続いていた。

源二郎はそのことを脳裏から消した。容易ならざる敵、剣を構え合って分かった。

源二郎は焦った。

意図は半《なか》ば遂げられた。だが、簡単に倒せる相手ではない。その間に作左ヱ門が倒されたら……。

田坂は源二郎の動揺を読んだようにおおらかに構え直した。

「ええいっ、ぬしらはなして手をこまねいておる」

ちらりとこちらに目をやった光右衛門が怒鳴った。

三人が助太刀に向かおうとするのを、邪魔するでないと田坂が止めた。

源二郎はその一瞬を突いた。

面を直撃すると見せて、小手を斬りおろそうとした。

田坂は源二郎の剣を絡めるように掬《すく》い上げると身を寄せてきた。

鍔競合《つばぜりあ》いになった。

源二郎も田坂も中背、筋肉質の体付きだ。お互い押され、押し戻した。

離れなければ時間だけが過ぎていく。
源二郎は一か八か、勝負に出た。
きりきりと両手を絞ると田坂の鍔元を押し戻し、一気に飛び下がった。
だが、田坂は源二郎との間合いから離れずについてきた。
後ろに着地した源二郎の体勢が崩れた。
田坂の剣が源二郎の小股を掬い上げた。
劇痛が走った。
源二郎は捨て身の一撃を田坂の左胴に送った。
浅い。
それでも田坂の動きを止めた。
再び、相正眼に戻した。
気運が高まり、同時に仕掛けた。
源二郎は突きの構えに転じた。
田坂は袈裟《けさ》に斬り下げてきた。
源二郎は体を沈めながら、下から突き上げた。さらに腕を伸ばした。
田坂の振り下ろす剣、源二郎の突き上げる切っ先。

源二郎が意表をついて体を沈降させた分、源二郎の切っ先が勝った。田坂の喉元が裂け、血しぶきが白み始めた朝ぼらけに円弧を描いて飛んだ。

「ぐえっ」

田坂が異様な声をもらすと地面に顔から突っ込んでいった。

源二郎は視線を転じた。

その目に、光右衛門が足元を突き下ろすように繰り出した手槍が作左ヱ門の足に絡み、倒れたのが見えた。

槍の穂先が引かれた。

源二郎は考える余裕もなく走り寄り、光右衛門の腰のあたりを斬った。

老人が前のめりに崩れ落ちた。

「いや助かった」

立ち上がった実吉作左ヱ門が源二郎の顔をみて、呟いた。

討ち手のうち三人の郷士が呆然《ぼうぜん》と立っていた。

「おぬしら郷士が門葉の争いに加わることはあるまい。怪我《けが》人を連れて退け」

作左ヱ門の言葉に三人は刀を鞘に収めた。

源二郎の小股の傷は予想外に深かった。

土土呂浜から二里ばかり北に上がった五ケ瀬川河口の網小屋に辿《たど》りつくと、源二郎は倒れ込むように意識を失った。

作左ヱ門は傷治療の心得をもつという漁師に頼み、源二郎の傷口を焼酎《しょうちゅう》で洗って縫合してもらった。二日二晩、熱にうかされたが四日目の朝にはどうやら馬の背にしがみついて旅するまでに回復した。

臼杵湊で便船を待つ間に作左ヱ門は源二郎を外科医のところに連れていき、傷を診《み》てもらった。

「荒療治ながら傷は治りかけておりますな。じゃが熱で体力を消耗されておる様子……」

医師は温泉での静養を勧《すす》めた。

「それが火急の旅でな、そうもしておれん」

医師と作左ヱ門のやり取りを聞くと源二郎は強がりを言ってみた。

「なあにもう二、三日もすれば本復します」

だが、歩こうにも足に力が入らない。

不安を抱いたまま摂津《せっつ》への便船に乗船した。豊後《ぶんご》水道を越えて瀬戸の海に入っても朦朧《もうろう》とした微睡《まどろみ》のなかで過ごすことになった。

「実吉様、役立たずで申しわけなか」

「そなたにはまだまだ働いてもらわねばならんでな」

赤穂湊《あこうみなと》に船が入ったあたりから源二郎の虚脱感はうすらぎ、食欲も出てきた。陸路に入れば、再び刺客の襲撃を覚悟しなければならない旅だ。

源二郎は朝夕、船首に立つと抜き打ちを繰り返した。摂津湊に入るころには源二郎の体調は元に復していた。だが、二十日以上も足を動かしていない。

上陸早々に第三の刺客に襲われたとしたら……不安が解消されないまま大坂から京都に入り、東海道へと踏み出した。

源二郎の体力は歩くことで見る見る回復していった。

岡崎城下に泊まった作左ヱ門はその夜、夕食の膳《ぜん》に酒をつけて源二郎の全快を祝ってくれた。

「これが酒の味でございますか。焼酎にくらべ薄うございますな」

「それだけ分かれば、もはや本復したのであろう」

「ご迷惑を実吉様におかけしましたのでな、明日からは頑張って働きまする」

「門葉派も必死じゃからな」

「実吉様の任務が無事にはたされた暁には、門葉ご一統はどうされます」

「殿の胸のうち次第。じゃが殿が国許での門葉の横暴とこたびの執拗《しつよう》な暗殺行為を聞かれたら、そう簡単には済むまい。人吉藩がひっくり返るほどの騒ぎになるかもしれん」

そう聞かされても源二郎ら下士の者には盤上の争いほどにも身近に感じられない。

「源二郎、門葉一統をどう思う」

源二郎は作左ヱ門を見返した。

「どうと仰せられても」

「そなたには関係ないか」

門葉とは縁もゆかりもない源二郎だったが、人吉からの逃避行で憎しみを買ったことだけは確かだ。もはや江戸の改革派に源二郎は望みを託するしかない。

「いえ、ございまする。なんとしても実吉様を無事に江戸までお送りして、江戸の幹部の方々にわが腕を認めてもらわねばなりまっせん」

作左ヱ門が苦笑しながら言った。

「そなたは出世の手立てにおれの身を守るのか」

「まあ、そういうことでございます」

「ならばしっかり護衛してくれ」

実吉作左ヱ門と数馬源二郎は、東海道の難所の大井川を渡り、箱根の関所も無事通過した。

鬱蒼《うっそう》とした森の中を抜ける石畳は、寛永《かんえい》十二年（一六三五）六月、幕府の憲法ともいえる武家諸法度の改定に伴い、参勤交代《さんきんこうたい》が制度化されたのを機に整備されたものだ。

延宝《えんぽう》八年（一六八〇）、箱根の石畳はさらに改善され、道幅二間（約三・六メートル）、中央の石畳幅一間に整備された。

作左ヱ門と源二郎は甘酒茶屋で一休みして名物の甘酒を楽しんだ。この先は七曲がりだの、猿滑りと呼ばれる急坂の下り坂が続く。

寄木細工の店が何軒か連なる畑宿を過ぎたあたりで石畳は急な下りになった。

第三の刺客が二人を待ちうけていたのは、その坂を下りきったあたりだ。

刺客は三名、深編笠《あみがさ》をかぶった武家と素顔をさらした浪人者の剣客が二人。

深編笠を脱いだ時、作左ヱ門が驚きの言葉をもらした。

「紳一郎《しんいちろう》……」

人吉藩江戸屋敷の中老格にして御小姓頭《おこしようがしら》の村上岳沖《がくちゅう》と長男紳一郎は江戸の門葉一統

にあっても、血族の異様な結束から距離をおいて、藩主頼之に忠義を尽くしてきた親子であった。

「幼馴染《おさななじ》みのそなたが殿の密命をうけた時から、こうなる宿命であった」

「門葉一族のしがらみを常々批判して、藩を改革して来るべき時代に備えねばならんと言っておったのは、そなたではないか」

作左ヱ門がいまだ驚きを隠しきれずに非難した。

「血はなににも増して濃いということだ」

「血などと言うな。門葉というなら主君相良頼之様こそ中心に成り立たねばならん。その頼之様が血の弊害《へいがい》を説いておられるのだ」

「頼之様は、そなたら改革派に騙《だま》されておられる。ともあれ、そなたを江戸に戻すわけにはいかん」

紳一郎が二人の浪人者に目で合図を送ると言った。

「作左ヱ門の連れておる下士の腕を見縊《みくび》るではない。これまで二組の追跡をことごとく斬り伏せておる」

二人が黙って剣を抜いた。

「実吉様、われが背に」

対決する場所の後ろには緑の重なりの下に須雲川がうねって流れていた。

源二郎は作左ヱ門を背に回すと鯉口を切って一歩前へ出た。

「その者たちの腕は知らん。村上紳一郎は上州馬庭念流《まにわねん》の遣《つか》い手だ」

上州馬庭念流がどんな剣法か源二郎は知らなかった。

二人の剣客を倒すことにまず専念する、覚悟を固めた。

二人が左右に分かれた。左手の長身が剣を八双《はっそう》に立て、右の怒り肩は逆八双、自分の左に剣を構えていた。二人はこれまでも幾度となく組んで修羅場《しゅらば》を潜ってきたのであろう、ぴたりと呼吸が合っていた。

どちらの方が先に仕掛けてくるか、源二郎には読めない。

紳一郎は二人の後方にひっそりと立っている。

「実吉様、江戸にはこのように餓狼《がろう》が何匹も彷徨《さまよ》っておるのですか」

源二郎は背の作左ヱ門にあざとくも首を回して見返りながら答えを待った。

誘いに乗るように二人の浪人が動く気配が感じられた。

源二郎は顔を戻した。同時に左手の八双に向かって飛んだ。

上体を屈《かが》めて抜き打ちに旋回させた。振り下ろされる刃風を背に受けて相手の胴をないだ。

たたらを踏んだ長身の剣客は伸び上がる姿勢のままに谷底に落下していった。

「おのれ……」

怒り肩が方向を転じた時、源二郎は右に向かって回転させた剣を返すと同時に体ごとぶつかっていった。

逆八双に立てた男の鳩尾《みぞおち》を源二郎の左肘が強打した。声にならない音を立てた男が腰を落として後退する。

源二郎はすかさず追った。

浪人は顔に恐怖の色を浮かべて体勢を立て直そうとさらに下がった。が、不運にも後退する背に崖っ縁が迫っていた。足を踏み外すと、悲鳴を上げて姿を消した。

源二郎は振り返った。

紳一郎が剣を抜いて、作左ヱ門に聞いた。

「御前試合を制した下士とはこの男か」

「紳一郎、遅くはない、翻意してくれ」

「死線はこえた、作左ヱ門。そなたはおれの亡骸《なきがら》をこえんかぎり江戸には着けん」

紳一郎は下段に剣をとった。

「数馬源二郎、お相手仕《つかまつ》ります」

「うむ」

とだけ紳一郎は答えた。

源二郎は脇構えの切っ先を下降させて剣を寝せ、腰を落とし気味にして左足を前に置いた。

紳一郎の下段の剣がゆっくりと眠りでも誘うように上昇してきた。

源二郎は紳一郎の目を凝視したまま動かない。

紳一郎の剣は源二郎の剣と同じく脇構えに移された。だが、切っ先は上を向いている。

「えいっ！」

「おう」

二人は同時に走り出し、攻撃に出た。

紳一郎は脇構えから鋭く回転させると源二郎の突進してくる小手を斬り落とそうとした。

源二郎は擦り上げるように剣を振るった。

一瞬の遅速《ちそく》。

源二郎の擦り上げる剣が紳一郎の喉首を深々と斬り割った。

紳一郎はそれでも前方に走り、片足を軸に回転しようとしたが、そこで崩れ落ちた。

「紳一郎」

作左ヱ門が幼馴染みのかたわらに膝をついた。

「作、奈津《なつ》をたのむ……」

ごぼごぼと傷口から血を噴き出させながらも、漏らしたのが村上紳一郎の最期の言葉であった。


その日、小田原宿に着くまで作左ヱ門は源二郎に口を利《き》かなかった。

夕食を終えた時、源二郎は作左ヱ門に尋ねた。

「奈津様とはどなたのことでございますか」

作左ヱ門が怒りをのんだ双眸《そうぼう》を向けた。

「……紳一郎の妹、おれの妻だ」

「それは……」

「なにも言うな、いいな」

作左ヱ門は会話を拒《こば》むように源二郎に命じた。

第二章　粛清の嵐

一

天保《てんぽう》七年十一月十三日深夜、実吉作左ヱ門と数馬源二郎は赤坂田町《たまち》の人吉藩下屋敷《しもやしき》に入った。その直後、かねての手筈《てはず》通り愛宕下の上屋敷《かみやしき》に使いが出された。

藩主相良頼之が静養を理由に下屋敷を訪ねたのは翌日の昼前だ。

頼之は待機していた実吉作左ヱ門と長時間におよぶ会談を持った。

二刻《ふたとき》ほど経過した後、二人の前に数馬源二郎が呼ばれた。

「殿、異風者《いひゅもん》の数馬源二郎にございます」

作左ヱ門が国許《くにもと》で覚えた言葉で源二郎を紹介した。

「作左、異風大いに結構。人吉に異風の伝統があったことに感謝するぞ」

そう言った頼之は、源二郎に視線を向けた。

「源二郎、その方の戦いぶりは覚えておる。あの折りの試合ぶりも見事であったが、こたびの役目、ご苦労であった。話は聞いた、よう作左ヱ門の身を護《まも》ってくれたな」

頼之の言葉を源二郎は平伏して聞いた。

二年前の御前試合では庭先から遠く尊顔を拝しただけだ。

それがなんという感激であろうか。

殿様直々《じきじき》に、それもおそば近くでお言葉を賜《たまわ》ったのだ。

「殿、源二郎の養父はそれがしの調べに手を貸した数馬赤七にございます。赤七と源二郎親子の異風《いひゆ》がなければ、人吉行きの成功はおぼつかなかったことはたしか」

「源二郎、なにか望みはあるか」

なにか答えようにも言葉が出てこない。

「面を上げよ」

源二郎は恐る恐る顔を上げた。

「殿のお言葉じゃ。源二郎、遠慮なく申してみよ」

作左ヱ門も口添えした。

「江戸藩邸に御仕《つか》えしたくござりまする」

「人吉の嫁ごはよいのか」,
頼之は笑いながら聞いた。どうやら祝言《しゅうげん》の夜、召し出されたことも御存じのようだ。

「はっ、それは」

「異風者の願い、聞き届ける」

源二郎は感激のあまり目頭が熱くなった。それを見られないように顔を伏せた。

「源二郎、だがわれらの仕事は終わってはおらぬ」

作左ヱ門の声が頭の上に響いた。

「江戸に巣くう門葉の一掃、さらには国許の粛正《しゅくせい》と、そなたの腕と異風《いひゅ》ぶりの助けを借りることになる。おまえの江戸在勤が決まるのは参勤《さんきん》下番のあとじゃ、よいな」

作左ヱ門はすでに頼之と話し合っていたのか、在勤の時期まで口にすると五両の金を殿からの報奨金じゃと源二郎に渡した。

「ありがたき幸せ」

感涙にむせぶ源二郎に下がって待機しろ、と作左ヱ門が命じた。

源二郎は胸のうちにほのかな明かりが点じられた思いで時を過ごした。

六つ半過ぎ、老女が膳《ぜん》を運んできた。

秋鯖《あきさば》の煮付、野菜とひじきの煮物、小松菜のおひたし、香のもの、白身魚の潮汁《うしおじる》、めしは白米だ。

老女が源二郎にめしを盛った茶碗《ちゃわん》を差し出した。

「馳走《ちそう》になる」

と言った源二郎は茶碗に箸《はし》を突っ込んだまま聞いた。

「江戸ではこのように三度三度、白米が食べられますか」

老女はからかっているのかと源二郎をまじまじと見詰めた。だが、ご用人の連れてきた供の顔には真剣さが漂っていた。

「今日は殿様がお成りゆえ、食膳がいくぶんにぎやかでございます。ですが、天保の飢饉《ききん》の最中、品川など四宿では御救小屋《おすくいごや》に長い行列ができる昨今、大名家とて麦の混じった食事を食しております」

下がろうとした老女が源二郎に聞いた。

「お国許は今年も凶作と聞いておりますが、ご家中の方々の食事もご不自由なのでございましょうか」

「上士のお家の台所は存じませぬ。わが家のような微禄《びろく》のうちでこのように白米を食する家はございまっせん。恥ずかしながら江戸は極楽のように思えます」

女中は心から相槌《あいづち》を打つと好きなだけ食してくださいと言い残し、部屋から消えた。

源二郎が三杯目にかかった時、作左ヱ門が姿を見せた。

箸を止めた源二郎にそのまま続けろと言うと、

「今晩、出掛けることになる」

と言い足した。

源二郎は残った菜でかきこむように三杯目を食べると箸を置いた。

「源二郎、そなたのおかげでなんとか江戸に帰着できた。じゃがな、大変なのはこれから」

「今晩の御用とは何でございます」

斬《き》り合いになるとなると食い過ぎたかと突っ張った腹をうらめしく見た。

作左ヱ門は説明しておく、と源二郎に前置きすると、

「江戸の門葉の頭領は、勘定方《かんじょうがた》頭取金戸《かなと》幹之進《みきのしん》と思われてきた。だが箱根で村上紳一郎が姿を見せた時、江戸屋敷に隠れ門葉がいたことが分かった。紳一郎の父は、わしの舅《しゅうと》どのでもある中老格の御小姓頭村上岳沖様じゃ。信頼厚い御小姓頭が江戸門葉の頭分となれば、これは容易ならざる事態、事は急を要する。殿が上屋敷に戻られる明後日にも詮議《せんぎ》が始まる。その前にな、源二郎、やっておかなくてはならんことがある」

先ほどの女中が茶を運んできて、膳を下げていった。

作左ヱ門はゆっくりと茶を喫すると、

「詮議のことが国許の門葉一統に知られてはならぬ、ゆえに少々策を弄《ろう》することにな

った。詮議に先だって金戸幹之進の身柄を確保する」

源二郎は畏《かしこ》まってうなずいた。

四つ半（午後十一時）過ぎ、頭巾《ずきん》に面体を隠した実吉作左ヱ門と数馬源二郎は、空《から》の乗り物を従えて、赤坂田町の下屋敷を出た。

隣接した筑前《ちくぜん》福岡藩の五十二万石松平美濃守《まつだいらみののかみ》の広大な中屋敷の練り塀《べい》を右手に、左手に溜池を見ながら坂がだらだらと下っている。

だが、源二郎にはどこをどう通っているものか、判別もつかない。

源二郎の持つ提灯《ちょうちん》と乗り物の棒先に下げられた明かりが江戸の町並みをおぼろに浮かび上がらせ、また闇《やみ》に沈ませていく。二つの提灯ともに無紋のものが用意されていた。

「金戸はのう、若い妾《めかけ》を囲っておる。そこからの帰り道を襲う」

作左ヱ門が突然吐き棄《す》てるように源二郎に言った。問い返すのも憚《はばか》られる雰囲気が言葉にある。しばらく重い沈黙が続く。

「この一帯は愛宕神社の裏手にあたって西久保通りという。この先を藪小路に右折すればわが藩の上屋敷の門前に出る」

森閑《しんかん》としたたたずまいの旗本の屋敷町の一角で作左ヱ門が源二郎に平静に戻った声で言い、乗り物を止めさせた。

待つこと半刻《はんとき》あまり、足音が接近してきた。

「龍三《たつぞう》か」

作左ヱ門が声をかけた。すると闇から、

「へえ、間もなく来られます」

と答えが戻ってきた。風体は小者《こもの》のようだ。

「よし、明かりを消せ」

二つの提灯の明かりが消され、闇に同化した。

作左ヱ門が源二郎に潜み声で命《めい》じた。

「若党《わかとう》が供をしておる、そやつを逃すでない。金戸とともに生け捕りにせよ。駕籠《かご》かきは捨ておけ」

「金戸様は抵抗なさりましょうか」

「年も年じゃ、大したことはあるまい。ともあれ騒がれてはならぬ」

源二郎は作左ヱ門から離れて塀下にしゃがみこんだ。

明かりが通りの西の坂下に浮かび、町駕籠が接近してきた。

提灯を手にしているのが若党だろう。

駕籠が源二郎らの潜む場所に五、六間と迫った。すると作左ヱ門が駕籠を塞《ふさ》ぐように立った。

駕籠かきが悲鳴を上げると客を乗せた商売道具を放って逃げ出した。

「何用でございます」

気丈にも若党が提灯を作左ヱ門の顔に差し出した。

その瞬間、源二郎は塀際から行動を起こした。

忍び足で近付くと気配を感じた若党が振り向いた。

その胴を峰に返した源二郎の剣が叩《たた》いた。

提灯を取り落とした若党が地面に沈む。

駕籠から白髪《しらが》頭の老人が転がりでると叫んだ。

「何者か」

金戸が燃え上がった提灯の明かりに作左ヱ門の正体を認めたか、なにか言い掛けた。

その時、源二郎の刀の柄頭《つかがしら》が胸部を強打していた。

勘定方金戸と若党の二人の身柄を下屋敷まで運んだ後、作左ヱ門は、源二郎に新たな任務を命じた。

「金戸がわれらに監禁されている事実を知られたくない。源二郎、妾の家に詮議の始まる時まで泊まりこむのだ」

作左ヱ門は任務の趣《おもむ》きを源二郎に説明すると、小者の龍三を道案内につけると言った。

女の家に泊まりこむなど、あまり感心した任務ではないが、畏《かしこ》まって受けるしか源二郎の途《みち》はない。

夜の屋敷町を急ぎ足で歩きながら源二郎は龍三に聞いた。

「勘定方どのは禄高《ろくだか》はどれほどかな」

「三百六十石ですぜ。それがなにか」

人吉藩では知行米手取削減政策が続いている。四公六民で三百六十石は百四十四石、そこから削られるから実質的な手取りは百石を大きく割りこむ。

「権妻《ごんさい》を囲っておられるというでな」

龍三が低い声で笑った。

「権妻ね、旦那《だんな》、江戸は初めてですかい」

小馬鹿にしたような口調だ。

「そういうことだ」

「権妻に誑《たぶら》かされねえように願えますぜ」

「若いのか」

「浅草の水茶屋にいた、渋皮のむけたいい女です。佐希《さき》って名ですがね、勘定方の金戸などにはもったいねえや」

龍三によれば年は十九、浅草の水茶屋に勤めていた佐希を金戸が見初《みそ》めて落籍《らくせき》させたのだとか。

「せいぜい注意しよう」

龍三がけたたましい声で笑うと黙りこんだ。

勘定方頭取金戸幹之進の妾宅《しょうたく》は新堀川に面した洒落《しゃれ》た住まいだった。

龍三は難なく黒板塀を乗り越えると木戸口を開けた。

源二郎は泥棒にでもなった気分だ。

（忠義の行動だ……）

自分の萎《な》える気持ちを叱咤《しった》した。

龍三はこういった類《たぐ》いの仕事に慣れている様子で、裏口の引戸を音も立てずに外した。

「奥の部屋に妾が寝ています。そいつは旦那に任せた、おれは小女《こおんな》だ」

龍三が廊下の奥を指し示した。

源二郎は足音を忍ばせて廊下を歩くと女主人の部屋の障子を開けた。すると源二郎らの侵入に気付いていたのか、若い女が布団の上に正座して、寝間着の襟《えり》を手で押さえていた。

「何者です」

落ち着いた物腰は武家の娘かもしれない。有明行灯《ありあけあんどん》のほのかな明かりに浮かぶ女は、源二郎が息をのんだほど美しかった。

「人吉藩御小姓頭村上岳沖様の御指図により、二日ばかりこの家に逗留《とうりゅう》する」

源二郎は実吉に教えられた通りに隠れ門葉の頭領と目される村上の名を出した。

「村上様のお指図……」

女はそう呟《つぶや》くと、

「旦那様の身になにか」

「心配ない、金戸様もご存じのことだ」

女が訝《いぶか》しげな表情をした。

遠くから小女の悲鳴と、もみ合うような物音がした。それに龍三のなにか脅すような声が続き、静かになった。

源二郎は注意を眼前の女に戻した。

「いや、藩内のいざこざが再燃したのだ。そこでな、金戸様も村上様も敵方に先んじるためにまずはお味方から騙《だま》されて、数日姿を隠すことになった」

「藩邸にはお戻りではないのですね」

「隠れ家に潜まれて、いざこざ解決の指揮をとられておる」

「嘘《うそ》でございますね」

「なぜそなたに虚言を弄《ろう》さねばならん」

源二郎と女は押し問答を繰り返した。

廊下の向こうから足音がして龍三が寝間着の裾《すそ》が乱れた小女をつれてきた。

女は顔を伏せて、おびえている。

「龍三、なにをした」

へっへへっ、と笑った龍三は、

「駄賃《だちん》ですよ」

と居直った。

「貴様、そのようなことを」

いきり立つ源二郎に龍三はしれっとした表情で、

「旦那、それよりさ、わっしが迎えにくるまで二人をしっかり見張ってくださいよ」

と言うと音もなく姿を消した。

「すまん。まさかあのような者とは知らなかったのだ」

小女が泣き出し、女主人が源二郎を睨《にら》んだ。

「あの者にはもはや敷居をまたがせん。今晩は二人いっしょにこの部屋で寝てくれ」

源二郎は廊下に出ると刀を抱いて胡座《あぐら》をかいた。

女たちはまんじりともせずに夜を過ごした。


長い一夜が明けて、金戸の役宅から主人のことを問い合わせる使いが翌日の昼前にきた。

源二郎に命じられた通りに小女のしげが応対に出た。

「佐希様と旦那様は、急に思い立たれて大山《おおやま》参りにお出かけになられました。なんでも三日うちにはもどられると言いおかれました」

源二郎は佐希のかたわらで小女の声を聞いていた。

女が緊張からか、身をよじった。すると化粧の香りが源二郎の鼻孔をくすぐった。

「金戸様は公務多忙なお方じゃ。それが女と急に大山参りにいかれるなど、おかしいではないか」

「なんでもお殿様が下屋敷に静養されている間に命の洗濯とかおっしゃって」

「若党はどうした」

「荷物持ちで同行されておられます」

舌打ちする音が源二郎の耳に届いた。

佐希がまた体を動かした。

源二郎が睨んだ。

一夜、眠らなかった面長の顔は疲れを留《とど》めていたが、それでも十分に艶《つや》をたたえて悩ましい。

「たしかじゃな」

使いの者が納得できんという風に聞き返す。

「たしかもなにも、そう聞かされたので、明日の夕暮れにはおもどりになられます。くわしいことは旦那様から直《じか》にお聞きくだされ」

金戸家からの使いの者はようやく麻布新網町の妾宅から姿を消した。

襖《ふすま》が開いて小女が戻ってきた。

「ようやってくれた」

しげはただ女主人を見た。

「もう一晩の辛抱じゃ、許してくれ」

源二郎は佐希の側から離れて廊下に出ると、ほっと溜《た》め息《いき》をついた。

小女はいつもの暮らしに戻った。

夕暮れ、小女の用意した夕食の膳を三人は黙々と食べ終えた。

「分からん」

源二郎が思わず漏らしたのは佐希が寝間に入り、源二郎が廊下の定位置に座した時だ。少し開けられた障子の隙間《すきま》から彼女が振り返って、呟きを咎《とが》めた。

「なにがでございます」

佐希の美しい眉《まゆ》がわずかに上がっている。

「いや、そなたのように美しい姐《あね》さんが、なぜお年寄りに尽くされるか」

佐希は思い迷うように沈黙していたが源二郎に聞いた。

「江戸の暮らしをご存じないのですか」

「数日前に国許から上がってきたばかりじゃ。知るも知らぬもない」

佐希は源二郎の旅の垢《あか》の染みた木綿の袷《あわせ》を納得したように見た。

「この世はすべて金で購《あがな》えます」

「わが藩の勘定方は分限者《ぶげんしゃ》か」

「わたしの身を自在に扱う程度にはお持ちでございます」

「国許では大半の家臣と領民のすべてが腹を空《す》かせておる」

「どんな時代にも栄耀《えいよう》栄華の暮らしをなさる方がおられます」

「そなたはそちらの側に与《くみ》したか」

「あなた様はなんのためにこのようなことをなさっておられます。女ばかりの家に押し入り、しげを手ごめにすることがお侍のすることですか」

「しげのことはすまんと思うておる。この通りじゃ」

源二郎は佐希に頭を下げると、言葉を継《つ》いだ。

「微禄の家に生まれ、微禄の家に嫁《か》いだ母じゃは腹を空かせて死んなさった。おれはな、貧しさを抜け出すために剣に賭けたとじゃ。じゃっど、あの狼藉者《ろうぜきもの》と一緒《いっしょ》にしてほしくなか」

源二郎は問われてもいないのに祝言の床入《とこい》りの場から呼び出され、江戸まで上司に同行してきたことを話した。むろん藩の争いや闘争については触れなかった。

「祝言の場から連れ出されたとは、やえ様がご不幸……」

呆《あき》れた顔で源二郎を見ていた佐希の表情が変わった。

「あなた様の話ではっきりしました」

「何がじゃ」

「そなた様は上手に嘘がつける方ではありませぬ」

佐希の双眸《そうぼう》に哀しみと不安の色が滲《にじ》んで漂った。

「お名前は」

「数馬源二郎」

「数馬様、そなた様は昨晩押し入って来られた時に御小姓頭村上岳沖様のお指図と申されましたな」

源二郎は黙ってうなずいた。

「旦那様が一度だけ漏らされたことがある。わしはただの隠れ簑《みの》、真の頭領どのの名が知れた時は、江戸の門葉に危険が迫った時と……どうやら旦那様は改革派の手に落ちたということ。もはやお会いすることは叶《かな》いますまい」

佐希は勘の鋭い女だった。

「数馬様、あなた様がどなたのお指図で動かれているのか存じませぬ。ですが、あなた様は彼らの捨て石に使われて生涯を終えることになる」

女が源二郎の人生を予言した。

「違う、そげんことはなか。実吉作左ヱ門様はそげん方ではなか」

源二郎は思わず実吉の名を出して抗弁した。

「実吉様……その方がそなたの雇い主ですか」

「いや……」

佐希は狼狽《ろうばい》する源二郎に確信に満ちた笑みを浮かべた顔を向けた。

二

天保七年十一月十六日昼前、人吉藩主相良頼之は赤坂下屋敷の静養から愛宕下藪小路の上屋敷に戻り、主立った幹部が急ぎ書院に呼び出された。

江戸家老の中条多門《ちゆうじようたもん》らは何事が出来《しゆつたい》したかと、おっとり刀で藩主お目通りの書院の間に入った。

中条の他には中老格の御小姓頭村上岳沖、徒頭《かちがしら》の門司《もじ》泰則《やすのり》、道中奉行松沼権兵衛《まつぬまごんべえ》、目付市場《いちば》彦六《ひころく》、作事方《さくじ》守山五郎丞《かたもりやまごろうのじよう》、祐筆《ゆうひつ》佐多《さた》忠道《ただみち》ら六名の者たちだ。

「殿は下屋敷で静養されておったそうじゃが、なにかご不快を催《もよお》されたか」

徒頭の門司が隣に座る目付の市場に聞いた。

「いや、それが供の者に聞いてもご壮健と申しておる」

門司も市場も江戸藩邸にあって改革派の中心的存在であった。

門葉派の道中奉行の松沼と作事方の守山は顔に不安の色が漂っていた。

庭に臨む廊下側の障子が閉められ、隣室との襖もきっちりと閉じられた。

そこへ頼之が小姓ひとりを従えただけで現れ、上段の間に着座した。

平伏した家臣を代表して江戸家老の中条が入れ歯をがくがくさせながら言った。

「殿、下屋敷での静養、いかがでございましたか」

「久しぶりにのんびりしたわ」

「それはなによりにございます」

一門を代表して岳沖が言った。

うなずいた頼之は列座の面々を見回し、

「金戸幹之進はどうした」

と聞いた。

「そういえば勘定方の顔が見えんな」

中条がようやく気付いたように村上の顔を見た。

「金戸幹之進は風邪《かぜ》をこじらせたとか、殿にお移ししてはと遠慮しております」

岳沖が答えた。

「寒さが厳しくなったでな、皆も気をつけんといかん」

頼之がにこやかに応じた。

「ところで御用人実吉作左ヱ門どのの奥羽視察ははや三か月に及びますな。門司どの、近頃、どちらを歩いておられる」

道中奉行の松沼が門司に声をかけた。

未曾有《みぞう》の天保の大飢饉《ききん》は奥羽の冷夏から始まった。

作左ヱ門から出された飢饉視察の願いを頼之が許したのは三月前のことだ。

松沼はそのことをさりげなく聞いてきた。松沼は五郎丸稔朗の兄弟子にあたり、江戸藩邸でタイ捨流剣術を藩士たちに教えてもいた。

「ここのところ連絡もなく」

徒頭の門司が言い淀《よど》んだ。

「お徒頭どの、奇妙なうわさを耳にした」

「うわさ……」

「実吉作左ヱ門様の奥羽視察は真っ赤な偽り、密《ひそ》かに国表《くにおもて》に戻っておられるという流言じゃ。まさかとは思うが、そのようなことはあるまいな」

「それは単なるうわさであろう」

「さりながら現在の行方《ゆくえ》も分からんとは奇怪じゃ。このようなうわさが立つのももっとも」

「村上」

と割って入ったのは頼之だ。

「近頃、紳一郎の姿も見かけんというが、どうしておる」

岳沖の顔が青ざめた。

「紳一郎の姿を箱根で見たという者がおる」

岳沖、松沼、守山の門葉派の間に緊張が走った。

門司と市場は改革派、中条と佐多は中立を保っていた。

「松沼権兵衛、作左が国表に戻っておると言ったな。真実じゃ、余が密かに送りこんだ」

「なんと仰《おお》せで」

松沼は立ち上がって書院を出ようとした。

「動くではない」

襖が開いて実吉作左ヱ門が叫びながら書院に入ってきた。その背後には数馬源二郎が影のように寄り添っていた。

「御側用人」

「実吉様」

徒頭の門司と目付の市場が喜色を表した。

作左ヱ門は頼之に会釈《えしやく》をすると一同の方を見た。

「松沼どの、どちらに行こうとなされた」

作左ヱ門が松沼を詰問《きつもん》した。

「殿があまりにもおかしなことを仰せになられるで驚いたところ」

「役宅の道場に集めた門葉派の藩士に急を告げられようとしたか」

「それは……」

「徒組《かちぐみ》、目付配下の者たちをそなたの道場に向かわせてある」

「なんと……」

驚いたのは松沼ばかりではない。自分の知らぬうちに支配の組を動かされた門司も市場も驚愕《きようがく》している。

「お二人を驚かせたな。殿直々の命令でそなたらの部下を出動させた」

作左ヱ門はそういうと義父の村上岳沖に向き直った。

「箱根山中において紳一郎と相見《あいまみ》えました」

「そなたが健在のところを見ると、紳一郎は死んだか」

岳沖の悲しげなまなざしが源二郎を見る時、蔑《さげす》みの色を掃き、問うた。

「そこの下郎に斬られたのだな」

「義父《おやじ》どの、刺客《しかく》を伴い、われらの帰路を待ち受けていたのは紳一郎でございますぞ」

作左ヱ門の叫びも肺腑《はいふ》をえぐった。

「なぜ幼馴染《おさななじ》みのわれらを戦わせるような途《みち》を選ばれました、なぜわが妻を悲しませるような所行をなさる」

「待て、待たぬか」

家老の中条多門が老いの声を張り上げた。

「殿、それがしには一向に理解のつかん話。一体なにがわが藩に起こっておるのですか」

頼之の顔も白く変わっていた。

「多門、そなたの疑問ももっともなこと。作左、ここに列座した者たちにそなたの行動を申し聞かせよ」

作左ヱ門が承ると村上岳沖ら三人の門葉幹部の顔の見える位置ににじり寄っていった。

源二郎もタイ捨流の遣《つか》い手松沼の間合いにまで場所を変えた。

「話は二年前に遡《さかのぼ》る。長崎の町年寄後藤豊太郎《ごとうとよたろう》から殿にあてられて異郷のめずらしき品が送られてきたことがあった。それには礼状も付されてあった。各々方《おのおのがた》もわが藩が長崎の商人たちを通して異国の珍貴な物産を購い、大坂、京に送って指定の店で売り出す〃長崎買い物〃のことは承知であろう。幕府は密輸ものは禁じられておる。じゃが、法外な取り引きでなければ目をつぶっておられるのが実情。長崎買い物の利は、わが藩の財源として貴重きわまりない、このような大凶作の続く時世なればなおのことじゃ。さて町年寄後藤の礼状に殿はいささか不審を抱かれた。後藤が礼状に記した扱い高は、殿の承知しておられる範囲をはるかに超えていた。そこで、殿はそれがしに後藤の礼状を見せて問い質《ただ》された……」

一座は粛《しゅく》として声もない。

「それがしも驚愕した。それほどの〃長崎買い物〃をわが藩がなしたという記憶はない。第一、後藤の申す額の取り引きには莫大《ばくだい》な前払い金がかかる。わが藩庫をすっからかんにしても足りない。ちなみに今年の秋は人吉では売り米すらない、それが実情じゃ」

作左ヱ門は厳しい顔で一座を睨み回した。

村上岳沖は両眼《め》をつぶって聞き入っていた。

作事方の守山は落ち着きなく扇子《せんす》を膝《ひざ》の上で開いたり閉じたりしていた。

松沼の顔は憤怒《ふんぬ》が覆っていた。

「殿とご相談の上にそれがし一人で探索いたすことにした。〝長崎買い物〟は国許が主になって担当しておる。しかしこれだけの商いとなると江戸にも仲間がいると見たからだ。時間がかかった、かかり申した」

目付の市場彦六が自分をないがしろにしてという風に不満げな咳払《せきばら》いをした。

作左ヱ門は一顧だにせず話を続けた。

「ここにおられる方々はすべて、それがしの調べの対象になった」

「なんと」

「無礼な」

怒りの声が上がった。

作左ヱ門は無視した。

「ひとり、気にかかる人物が浮かんだ。勘定方頭取金戸幹之進……」

「用人どの、少々僭越《せんえつ》にすぎる」

松沼が叫ぶと膝を叩いてにじり寄ろうとした。

作左ヱ門のかたわらから源二郎が出た。

「話は半分も終わっておらん」

作左ヱ門はそう言うと語を継いだ。

「金戸どのは二年も前から麻布新網町に洒落た妾宅を構えておられる」

一座に驚きと不安の感情が交錯した。

「真実《まこと》じゃ。当年十九になる佐希なる女、一年半前までは浅草の水茶屋に勤めて、特別の客と寝間を共にしていた女だ。金戸どのは女の身請《みう》け金、妾宅の購入などに二百五十両もの金を使っておられる」

今度は驚きの吐息がもれた。

「わが藩の幹部方は数年前より半知借り上げの削減政策の最中にある。わが藩のどなたが二百五十両などという余剰金を持っておられる」

「まことの話か、作左ヱ門」

家老の中条が念を押した。

「二日前の晩も金戸どのは妾宅を訪ねておられる」

「待て」

と松沼が叫び、

「金戸様がよしんば若き妾を召し抱えようと藩の金に手を付けたわけではなし、ご奉公に差し障《さわ》りがあったわけでもない」

と守山も呼応した。

「守山、金戸は女に使う二百五十両もの金を蓄財していたというか」

「ご家老、その通りにございます。金戸様は勘定方、金の運用には慣れておられる」

「ならばなぜ、わが藩の内情がこれほどまでに苦しい」

「さてそれは」

「藩経営をないがしろにして自分の内緒《ないしょ》だけ肥《こ》やしたか」

家老の疑問は当然のことだ。

「中条様、それがしの話はまだ続きます」

作左ヱ門が話の腰を折らぬよう家老に釘《くぎ》を刺した。

「たしかに金戸家にまさかの時の蓄財があった可能性もなきにしもあらず。そこでそれがしは殿とご相談の上に国表に旅立った……」

「飢饉を視察するために奥羽に行ったというのは嘘か」

作左ヱ門が家老に頭を下げると、

「それでどうであった、作左」

と中条が待ち切れんという顔で答えをせっついた。

「それがしが江戸で考えていた以上の取り引きを門葉一統ではなさっておられた……」

門葉の言葉が口をついた途端、松沼と守山が激昂《げっこう》して作左ヱ門に詰め寄った。

源二郎が二人の前に立ちはだかった。

「皆の者、静まれ」

頼之の声が書院に響いて、一座は元の場に戻った。

「松沼、守山のご両者に納得のいくように説明致す」

そう前置きした作左ヱ門は、国許の門葉の頭領、中老の万頭丹後らは長崎の町年寄後藤らの手を経た〝長崎買い物〟ばかりか、人吉城下の米問屋の肥後屋昌七《ひごやしょうしち》と結託して藩旗を掲げた船を長崎に送り、沖合で唐船、オランダ船と直に密輸品を買い入れて、その〝長崎買い物〟を京に送って売りさばき、巨額な利益を得ていることを報告、こう言い添えた。

「京、大坂での売り上げ額は、金相場で年間一万四千両。粗利《あらり》はおよそ五千両……」

「なんと」

中条が口をあんぐりと開けて絶句した。

「作左ヱ門」

と義父が静かに呼んだ。

「そなたはことさら門葉を貶《おとし》めるために国許へ旅したか」

「と申されますと」

「なんのために万頭様が殿にお断りもなく危ない橋を渡らねばならん」

「さてその理由は門葉の方々の心のうちに潜んでおりましょう」

「そのような他愛ないことでわれらに謂《いわ》れなき罪を押しつけるか」

松沼が大声を発して作左ヱ門を威嚇《いかく》した。

「これ、道中奉行、殿の御前じゃ、大声出さずとも聞こえるわ」

中条が松沼を制した。

「ご家老、そうではありませぬか。用人の言われることすべてが金戸様が妾を囲っていたから怪《あや》しい、万頭様が肥後屋と結託して長崎に藩船を出しておるらしいと言葉ばかりの御託《ごたく》、村上様が疑問をもたれるのは当然のこと」

「作左ヱ門、中老どのと松沼の主張にも一理あり、なにか証拠のものでもあるか」

「ご家老、殿も関知せぬ〝長崎買い物〟の多額の買上げ金がどうやって集められるか、そこから申し上げましょう。門葉ご一統と肥後屋が組んだ藩船が長崎に出向く一月《ひとつき》前までには、門葉の方々がそれぞれ投資金を肥後屋に支払いなさる。たとえば、万頭様は昨年の〝長崎買い物〟に五百両を投資なされて七百五十両を半年後に受けとりなされておられる。松沼どのは八十金で百二十両」

「用人、一体どのような証拠があって言い掛かりを」

作左ヱ門が手で制すると懐《ふところ》から油紙で包んだ書類を出した。だが、まだ油紙をほどく様子はない。

「門葉の〝長崎買い物〟の経理を担当、肥後屋と直接に接するのは物頭《ものがしら》尾上《おのえ》帯刀《たてわき》……」

一座の門葉の面々の顔色が変わった。

「二年前のことだ。尾上は長崎への船が出るというのに博奕《ばくち》に狂って大負けして出資金の用意ができなかった。他の門葉の手前もある、なんとか工面せんことには面目がたたん。そこで尾上は人吉藩内で金貸しとして知られた数馬赤七から借金をした。赤七も片手間とはいえ長年の金貸し稼業、尾上にそれなりの担保と法外な利息を要求した……」

ここで作左ヱ門は義父、松沼、守山と江戸の門葉幹部の顔を順ぐりに見た。

「法外な利息要求に赤七を同類と見たか、赤七の言う通りの担保を差し出した。それがこれでござる」

作左ヱ門は油紙をほどくと帳簿を出して、ぱーんと片手で叩いた。

「尾上は門葉ご一統が何年も前から極秘裡《り》に繰り返してきた〝長崎買い物〟の出納簿《すいとう》を赤七に担保代わりに預けた。これはその写しでござる」

「なんと馬鹿な」

嘆息と悲鳴が書院に交錯した。

「作左ヱ門、写しなどいくらでもでっち上げられるわ」

吐き捨てたのは松沼だ。

「さようさよう、松沼様がおっしゃるように写しならいくらでも偽造できる。じゃが、それがしが数馬赤七と接触したことが知れた後、万頭様らは執拗《しつよう》にそれがしの命を狙われ、この帳簿を奪い返されようとなされた」

作左ヱ門は、人吉からの帰京と幾度にもわたる刺客との闘争を克明に話した。

「ここに控える源二郎が同行していなければ、それがしはもはやこの世にいなかったは必定《ひつじょう》。なおこの者は、二年前、国許で行われた殿ご高覧試合の勝者。そしてこの写しを提出した数馬赤七の婿《むこ》養子でもある」

作左ヱ門は一座に源二郎のことを紹介すると写しを家老に渡した。

中条は眼を見開いて調べ始めた。しばらくの間、

「ほう」

「これはしたり」

と言った嘆息の声だけが響いた。

「ご家老、金戸幹之進は二百両から三百両の金を毎回投資して一回の商いに七十両から百両以上の儲《もう》けを得ていたことがそれで判明する。妾をかこう費用がどこから捻出されたか明白でございますな」

帳簿を膝に広げた中条多門が藩主の頼之を見た。

今ひとつ、と作左ヱ門が言い、

「この写しは藩政に害なす門葉の面々の名簿でもある。じゃが抜けておる人物もいた……」

と語を継いで、舅の村上岳沖を見た。

その時、松沼権兵衛がすうっと動いた。脇差を抜くと実吉作左ヱ門に斬り掛かった。

源二郎は機敏に反撃に出た。背を丸めて松沼の脇差をかい潜《くぐ》り、体当たりを食らわ

した。松沼の体が障子にぶつかって、廊下に障子ごと押し倒された。

「おのれ、下郎の分際で」

タイ捨流達人の面目を失い、形相を変えた松沼が廊下に立ち上がった。

源二郎は上段の頼之に会釈《えしやく》して許しを乞《こ》うと脇差をゆっくり抜き、歩を進めた。

肩衣《かたぎぬ》を脱いだ松沼が腰を沈め、脇差を上段に構えて源二郎に突進してきた。

源二郎は廊下から書院に踏みこんだ松沼を迎えた。

脇差の刃が火花を散らした。

面、胴、小手と連続してタイ捨流の技を打ちこんでくる松沼の太刀筋をかろやかに受け流した源二郎は、松沼の攻撃が止まる一瞬に反撃に出た。

松沼の脇差の切っ先が下段に流れた瞬間、再び源二郎は体当たりを食らわすと、松沼はたたらを踏みながら後退した。

さらに源二郎は擦《す》り足で松沼との間合いを縮めると廊下に押し戻す。

松沼が廊下の端に踏みとどまった。反撃の体勢を整えようとする松沼に隙が生じた。

機先を制しての源二郎の一撃が松沼の腰から胸を深々と襲った。

「うっつ」

松沼が小さな叫びを漏らすと庭に転がり落ちていった。

源二郎は血に塗《まみ》れた抜き身を背に回すと書院を振り見た。

「中老格にして御小姓頭、殿の信任あつき村上岳沖様が門葉の活動にかかわっておられようとは……写しにその名がないだけに、箱根で刺客紳一郎を見た時は信じられなかった」

村上岳沖が脇差を抜き、いきなり自分の腹に突き立てた。

「村上様」

「早まるな」

書院に新たな衝撃が走った。

婿の実吉作左ヱ門はそのことを予測していたように両手を膝において黙視していた。

脇差を突き立てた岳沖が頼之を見上げた。

「殿、そもそも門葉の頭領は、藩主相良頼之様。じゃが歴代のご藩主は門葉の争いを傍観されてこられた、それが繰り返される争いの一因でもある。それがしが江戸門葉の隠れ頭領に就いたは、竹鉄砲事件のような暴挙を止めんがため。それが、ついにはこのような仕儀に成りましてございます、おゆるしくだされ」

岳沖は脇差の柄《つか》を両手に抱えて自ら畳に突っ伏した。

「舅どの……」

作左ヱ門がようやくそのかたわらににじり寄った。

「紳一郎を門葉の活動に引きこんだはそれがしの罪、許せ、作……」

口の端から血が流れ出て、痙攣《けいれん》が起こった。

目付の市場が岳沖に続こうとする守山の脇差にかかった手を押さえた。

「作左ヱ門、かねての手筈《てはず》通りにいたせ」

頼之がそう命じると書院の間から下がった。

三

その夕暮れから翌未明にかけて、愛宕下藪小路の人吉藩上屋敷には嵐《あらし》が吹き荒れた。

目付、徒頭配下の藩士たちが村上岳沖、松沼権兵衛、守山五郎丞の役宅を急襲して家人や家臣たちを役宅の一室に軟禁、〝長崎買い物〟の証拠物を徹底的に探索した。

さらに門葉一統と見られた藩士三名が拘束《こうそく》され、目付の調べを受けることになった。

その結果、松沼ら江戸の門葉一統の役宅からおよそ千四百両の金が押収され、人吉の門葉や長崎の町年寄、京の小間物屋などと交わした手紙が多数見付かった。

一方実吉作左ヱ門は、下屋敷に拘束していた金戸幹之進に切腹の上家名断絶か、助命の上藩追放か選択を迫った。

金戸は金戸の役宅から押収された三百両の返金と麻布新網町の妾宅には手をつけないことを条件に作左ヱ門の命に従う約定《やくじょう》を成した。

金戸は国許の門葉幹部に定期的に手紙を書き続けることになる。まず、人吉藩探索に赴《おもむ》いた実吉作左ヱ門と江戸藩邸から差し向けた刺客村上紳一郎ともに藩邸にいまだ帰着せぬ〝事実〟が知らされた。

金戸は書信のなかで江戸屋敷から差し向けられた村上紳一郎と実吉が相撃ちに果てたのではないかという推測を書き記した。このことが国の門葉をひとまず安心させた。

金戸はこの後も細々と江戸での雑事を人吉の家人友人に書き送り、江戸が平穏にあることを印象づける役目を果たすことになる。

天保七年冬、江戸の人吉藩上屋敷で起こった騒ぎは幕府にも国許にも秘匿《ひとく》されることになった。作事方守山五郎丞の切腹が命じられたのは事件から一月後、村上岳沖らの死と改易《かいえき》が公告されるのは翌春のことだ。

一方で相良頼之は老中にあて、国表において一揆《いっき》の発生の恐れあり、藩主自ら鎮圧にあたりたいと年明け早々の参勤下番を願い出た。

実吉作左ヱ門が数馬源二郎を伴い、用人の役宅に戻ったのは江戸帰着から十日以上が過ぎた頃のことだ。

玄関には作左ヱ門の家内奈津が出迎えた。

「ご無事の帰着、おめでとうございます」

「うん」

とだけ答えた作左ヱ門は、

「この度のお役目で世話になった数馬源二郎じゃ。長屋に移るまでの数日間、うちでな、休ませてくれ」

と奈津に言った。彼女は畏《かしこ》まって受けると、

「国表のお方でございますか」

と聞いた。

「国表？　奈津、なぜそう思う」

作左ヱ門の公務は飢饉のひどい奥羽視察と藩内に発表され、奈津にも申し渡されていた。

「旦那様の旅先は人吉とのうわさが流れております」

「………」

「……それに藩邸内がこのところ騒がしく、藩士の方々も役宅にひっそりされておりますれば、奈津は不安に思うておりました」

「そうか、うわさがな」

そう言った作左ヱ門は覚悟を決めたように、

「奈津、仏間にてそなたに申し伝えたいことがある」

と玄関に上がった。

「実吉様、それがし、お許しを頂きますならば、ご家内様に後ほどお目にかかりとうございます」

源二郎の申し出に作左ヱ門は黙ってうなずいた。

作左ヱ門と奈津が仏間に消え、源二郎は玄関脇の三畳間に一刻《いっとき》以上も待たされた。

小女が源二郎を呼びにきたのは冬の日がとっぷりと暮れた刻限だ。

この家の主人夫婦はまだ仏間にいた。仏壇には線香がくゆり、作左ヱ門は硬い顔で、奈津は泣きはらした顔を行灯《あんどん》の明かりから隠すように座っていた。

「源二郎か、入れ」

部屋に入った源二郎は障子を閉めると奈津に平伏した。

「奥方様、お許しくだされ」

「源二郎、そなたが箱根で紳一郎と戦ったは藩命じゃ」

「……お許しを」

源二郎が絞り出した言葉に奈津は泣き声で答えた。

人吉藩の江戸屋敷はひとまず平静を取り戻した。

源二郎は作左ヱ門の用がない時は、江戸の町々を歩き回り、北辰一刀流《ほくしんいっとう》千葉周作《ちばしゅうさく》のお玉が池玄武館《げんぶかん》道場を始め、直心影流男谷精一郎《おだにせいいちろう》道場、鏡新明智流《きょうしんめいち》桃井春蔵《もものいしゅんぞう》の士学館《しがくかん》、神道無念流《しんとうむねん》斎藤弥九郎《さいとうやくろう》の練兵館《れんぺいかん》などを見物して回った。

さすがに江戸の剣道場だ。偉才秀才が割拠して活気がある。なにより道場に集《つど》う剣士たちの数に圧倒された。

長引く天保の飢饉が生み出す社会不安はさることながら、外国船がしばしば日本近海に姿を見せて開国を迫り、鎖国《さこく》を揺るがしていた。

武士たちは太平の時代にいったん忘れた武芸を必死で学び始めていた。

(おれの剣が江戸で通じるか、江戸の剣術におくれをとるとも思えない)

源二郎の心は迷い、竹刀《しない》を手合わせしたい願望に胸が膨《ふく》らんだ。

江戸の町に煤払《すすはら》いの竹売りの姿が目立つようになった師走《しわす》、源二郎は千葉道場の朝稽古《げいこ》を格子窓に顔をつけて食い入るように見詰めていた。

剣士の技があざやかに決まれば嘆息の声をもらし、うけ方のまずい技にはつい罵《ののし》り声を上げていた。

二人の剣士が絡み合ったまま、源二郎ののぞく格子窓にぶつかってきた。その一人と目が合った。

「ごちゃごちゃ格子の向こうから申しておって、稽古の邪魔じゃ」

若い門弟が源二郎に怒鳴った。

「それは申しわけなか。それがし、千葉道場に立つことは叶《かな》わぬまでも見物だけでもと」

「なにっ、いなか侍が道場に立つだと」

若い門弟は窓の外から何日も見物する源二郎の行動を意識していたと見える。

「いなか侍とは無礼な」

「おまえ、稽古の邪魔をした上、逆《さか》ねじまで食わせるか」

「天知《あまち》」

と源二郎の見えない場所から怒鳴り声が飛んだ。

「あっ、これは」

源二郎と口論していた男の顔が面頬の奥で引きつった。

「見学の衆が邪魔になるようでは心が散じているということだ。もそっと集中して稽古せよ」

「はっ」

と畏《かしこ》まった天知は稽古に戻っていった。

格子窓の向こうに中年の顔が現れた。

「おろかな言動を許してくれ」

高弟らしい人物に源二郎は目礼をして言った。

「つい声が出ておりまして、ご門弟衆に迷惑をかけました」

「どちらからお見えになった」

「肥後人吉藩の者にございます」

「肥後か、流儀は」

「愛洲陰流を少しばかり修行しました」

「愛洲陰流？　めずらしき剣法じゃな」

格子の向こうの男は源二郎の顔を見ていたが、思いがけないことを口にした。

「何日も格子窓にへばりついておられるようだが、道場に上がって汗をかいていかれぬか」

「よろしいので」

「剣を学ぶ者はへだたりがあってはならん。上がってこられよ」

源二郎は天にも昇る気持ちで玄関に回った。

玄武館の前に立って威容に圧倒された。かつて美女が投身自殺したという伝説を持つお玉が池を埋め立てた敷地に間口九間、奥行十二間の破風《はふ》造りの道場が聳《そび》えていた。右隣りの儒学者《じゅがく》東條一堂《とうじょういちどう》の瑤池塾《ようちじゅく》の建物とならんで幕末の文武の殿堂が肩を並べているのだ。

当時の千葉道場には旗本を始め、三十八大名家の藩士の師弟が通って一段と華やいだ雰囲気と威勢を誇っていた。

（おれはなんということをしようというのだ）

源二郎は一瞬怯《ひる》んだが腹に力を溜めて、玄関の端に草履《ぞうり》を脱いだ。すると門弟の一人がこちらでお着替えくださいと部屋に案内し、稽古着から防具まで揃《そろ》えてくれた。

源二郎は緊張して防具を身に着けた。

道場は二百畳もあろうかという広さで百数十人の門弟たちが竹刀を交え、体をぶつけ合っていた。

「竹刀の長さはいかが致しますか」

門弟が手に数本の竹刀を持って聞いた。

源二郎はそのなかから三尺三寸ほどの竹刀を選んだ。すると道場に、

「止《や》め！」

の声が響いた。

竹刀を引いた門弟たちが左右に分かれて壁際に座った。

正面には師範代が居流れて、上段の間にはなんと源二郎に話しかけた人物がひとり座っていた。

あの人物が千葉周作成政か。

寛政《かんせい》六年（一七九四）生まれの千葉はこの時、四十二歳の男盛り、いかにも大道場の主《あるじ》にして御三家水戸弘道館剣術指南を務める風格に満ちていた。

源二郎は気持ちを引き締めて、道場の入り口に控えた。

「天知佑太郎《ゆうたろう》、これへ」

先ほど源二郎に文句をつけた若侍が呼ばれた。いかにも江戸の剣士といった、きびきびした挙動で天知が立ち上がった。

「肥後の方、そなた、名は何と申す」

千葉が遠くから源二郎に声をかけ、門弟たちが初めて訪問者に目をとめた。

「数馬源二郎にございます」

千葉が門弟たちに言った。

「数馬どのは、愛洲陰流という剣法を使われる。これまで愛洲移香斎先生の開かれた御流儀は耳にしたことがあったが、目にしたことはなかった。それでな、おれが無理を言った」

千葉はそう弟子たちに説明すると源二郎に、

「自分の道場と思うてな、気軽に立ち合われよ」

と命じた。

稽古ではなく弟子との立ち合いを千葉は所望していた。

源二郎は畏まって受けるしかない。

検査役には千葉の高弟の一人が立った。

源二郎と天知の二人は、一間の間をおいて相正眼《せいがん》で対峙《たいじ》した。

源二郎は格子窓からの観察で天知の動きが機敏で太刀筋が自在なことを知っていた。

天知はかろやかに前後にうごくと竹刀の先を小さく上下させ、誘った。

源二郎が誘いにのらぬと見ると天知の利《き》き足が微妙に床板を踏んで源二郎の小手に襲いかかってきた。

源二郎は余裕をもって払った。

天知も予測していたように小手打ちから胴へ、面へと変幻し、またふいに小手に戻った。

源二郎は天知の攻撃の変化を読んでいた。どれも見切って躱《かわ》した。

若い天知が苛立《いらだ》ってきた。

源二郎がわざと隙《すき》を作ると食いついてきた。

無謀にも面の連続打ちに出てきた。

源二郎は天知に攻撃させるだけさせてすべてを避《よ》け、焦《じ》れた天知が退《さ》がろうとした一瞬を疾風《はやて》のようについた。

間合いを詰めると抜き胴を襲った。

源二郎の間の詰め方が想像を絶して速かった。

天知は竹刀を立てて受けようとしたが、源二郎のしなやかな攻撃は天知の竹刀をへし折ると胴をしたたかに叩いた。

「くえっ」

天知が息の詰まった声を残すと猛烈な勢いで床に吹っ飛んで転がった。

「一本!」

「おおっ」

検査役と門弟たちのどよめきが交錯した。

天知が必死の形相で立ち上がろうとした。

「高木《たかぎ》様、浅い、浅《あ》そうございます」

天知が必死で声を絞り出す。

「未熟者めが！　二つに折れた竹刀を見よ」

審判の高木が天知を叱《しか》った。

「さすが愛洲移香斎先生の創始された剣じゃな、鋭い」

千葉がそういうと、

「両角《もろずみ》、そなたが立ち合ってみよ」

正面の高弟の列から三十代の武士が立ち上がった。

門弟たちから再び驚きの声が上がった。

千葉が高弟の一人で、大目録皆伝取得者両角義夫《よしお》を指名したことで源二郎の剣が並々ならぬものと門弟たちは知らされた。

「お手やわらかに」

会釈《えしやく》を交わして挨拶《あいさつ》をした両角と源二郎の対決は静かに始まった。

両者は竹刀と竹刀の間に二尺ばかりの距離をおき、微動だにせず構えていた。

二百畳の道場に濃密な緊迫感が満ち、そしてついに破れた。

源二郎が仕掛けたか、両角が動いたか。ともかく両者が攻撃に出た。

激しい打ち合いになった。

両角の剣は抜け目なく源二郎の考えを読んで先回りし、源二郎もそのまた先を読み返して反撃に出た。

打ち合うこと四半刻《しはんとき》、二人はいったん一間の間合いに外れ、再び激突した。

両角の面と源二郎の抜き胴がほとんど相撃ちに決まって、両者は竹刀を引いた。

審判の高木の声が遅れた。

道場に重い静寂《せいじゃく》が漂った。

源二郎は手早く面頬を外すと、

「参りました」

と両角に頭を下げた。

道場に歓声が上がった。

「待て、高木はどう見た」

千葉がにこにこと笑みを浮かべて審判に聞いた。

「ほとんど相撃ちと見ました」

「うむ、まずはそんなところ、愛洲陰流おそるべしじゃな」

千葉の顔には満足そうな笑みがあった。

「数馬どの、そなた、江戸在勤の間、お玉が池に通ってこられる気はないか」

「真《まこと》にございますか」

源二郎は天にも昇る気持ちで問い直した。

「そなたの剣には竹刀稽古とは違った凄味《すごみ》がある。門弟たちにも勉強になろう」

千葉は源二郎のこの二月《ふたつき》あまりに経験した修羅場《しゅらば》を見抜いているのではないか。

「かたじけないお言葉、お願い致します」

源二郎は道場の床に頭をすりつけて千葉の言葉に感謝した。

四

天保八年の年が明けた。

まだ老中から人吉藩に相良頼之の参勤《さんきん》下番の許しは出ない。だが、屋敷内では着々と国表に下向する準備が整えられていた。

藩内の一揆勃発《ぼっぱつ》もさることながら門葉一統を処断する必要があった。それも江戸の騒ぎが知れぬためには一日も早く江戸を発《た》たねばならない。

実吉作左ヱ門は年末年始の挨拶《あいさつ》に事寄せて老中や若年寄の屋敷を走り回り、用人たちにかさねてそのむねを頼んで回っていた。そんな実吉のそばにはつねに数馬源二郎の姿があった。

江戸在勤が発令されるのはすべての騒ぎの終息した後ということであった。が、実質的には源二郎の江戸藩邸勤務は始まっていた。

その日、松平伊豆守信順《いずのかみのぶのり》の屋敷からの帰路、駕籠のなかから作左ヱ門が源二郎に声をかけた。

「源二郎、めしはちゃんと食べておるか」

「はっ、役宅の台所にて食しております」

師走も押し詰まった日、数馬源二郎は実吉の役宅から長屋に移っていた。

父と兄の死に奈津は蟄居《ちっきょ》していた。

源二郎とはあの日以来、顔を合わせることはなかったが、さほど広くもない役宅だ。奈津の悲しみはそこはかと源二郎の部屋にも伝わってきた。そこで作左ヱ門が長屋を源二郎に用意してくれた。

「どうじゃ、江戸は」

「人吉に戻るのに二の足を踏みまする」

「ご家内のことは考えんか」

作左ヱ門にそう言われて、久しぶりにやえの顔を思い出した。

運命がこれほどに変わると知ってたら、師匠《ししょう》刈谷一学の誘いにのって数馬家の婿《むこ》養子に入っただろうか。

源二郎は祝言《しゅうげん》の日が遠くに過ぎ去ったような感慨を覚えていた。

「答えんところをみると、江戸の暮らしが合ったようじゃな」

「天保の大飢饉の最中とはいえ、江戸は活気がございます」

「人吉とはちがうか」

そう言った作左ヱ門は、聞いた。

「千葉道場には通っておるのだな」

「はあ、一度だけですが千葉先生と竹刀を手合わせしていただきました」

「いかがであった」

「まるで子供扱いでございました」

千葉周作とは剣の位が違った。ただ、千葉の鼻先を自在に踊らされ、羽目板に叩きつけられた。千葉は手合わせした後、源二郎だけに聞こえる声で、

「そなたは人を斬ったことがあるな。よいか、人を斬ることに慣れてはいかん。斬ら

れた者の痛みを、哀《かな》しみを忘れるでない」

と教え諭《さと》したのだ。

「よいよい、世のなか、上には上がいるというものだ」

駕籠のなかから笑い声が響いた。

乗り物が藪小路に入って、人吉藩上屋敷《かみやしき》が見えてきた。

「源二郎、明日にでもな。金戸の手紙を持って妾《めかけ》の家に行って参れ。佐希とか申す女の返書をもらってくるのだ」

「……」

「金戸が疑心暗鬼になってな、女が無事でいるかどうか知りたいというのだ」

「承知致しました」

そう答えた源二郎は、

「作左ヱ門様、あの家に龍三を近付けてはおられませんでしょうな」

「そなたに聞いた話を龍三に問い質《ただ》したがな、そのような覚えはないと申しておる」

「そんな馬鹿な」

「源二郎、江戸の大名屋敷に勤める小者中間《ちゅうげん》風情は、流れ者が多い。もはや女の家には近付けん、安心せよ」

作左ヱ門がそう答えた時、駕籠は門前に到着した。

六日の夕暮れ、江戸の町々では門松をとりのぞく鳶《とび》の者たちの姿が見られた。

源二郎がお玉が池での稽古を終えて、麻布新網町の金戸幹之進の妾宅の門前に回ると、しっかり者の下女しげが門前に立っていた。遣いにでも行かされるのか、腕に大きな風呂敷包みを持って源二郎を睨《にら》んだ。

「佐希どのはおられるか」

黙ってうなずくと正月気分の残る町に出ていった。

源二郎が訪《おとな》いを告げると、藍紫《らんし》の小紋《こもん》にはなやいだ髪の佐希が玄関先に現れた。

「あなたでしたか」

「ご壮健か」

女はうなずいた。

「手紙を預かってきた」

持参した手紙を渡すと、佐希は思いがけないことがという顔で源二郎を見た。

「手前の主人からそなたの返書をと命じられてきている」

「返事をですか」

そう言った佐希は源二郎に上がるように言った。

源二郎は居間に通された。

佐希は源二郎に背を向けて手紙を読み始めたが、その背がかすかに揺れつづける。

しばらくじっと動かない時間が流れて、源二郎にくるりと顔を向けた。

頬に涙の跡が見えた。

「旦那様はあたしのために節《せつ》を曲げられたのですか」

「それほどまでに惚《ほ》れられて、女冥利《みょうり》に尽きるな」

佐希はきっと源二郎を睨んだ。

「そうではないか。お仲間はすべて切腹され、家は取り潰《つぶ》しに決まった。金戸どのだけが助命されて近々そなたの許に帰ってこられる」

「ご家族の方は」

「いまだ役宅に軟禁されておる」

佐希は台所に姿を消した。ごとごとと音がしていたと思ったら、女は盆を手に戻ってきた。徳利《とくり》と杯《さかずき》、皿に蒲鉾《かまぼこ》などの肴《さかな》が小ぎれいに盛り合わせてある。

「まだ松の内でございます。酌《しゃく》はいたしませんが、お独りでどうぞ」

「そのような馳走《ちそう》に与《あずか》るわけにはいかん」

「二晩もこの家で過ごされた方が、いまさら遠慮なさらなくともようございます。返事を書くには少々時間がかかります」

「あの時はすまなんだ。宮仕《みやづか》えの身じゃ、分かってくれ」

佐希はかたい顔で、それでもうなずくと小机に向かった。

源二郎は徳利から杯に酒を満たした。

人肌に燗《かん》された酒が源二郎の五臓六腑に染み渡った。

「うまい」

思わずもらしていた。

佐希が振り返った。

「すまん、つい口からもれた。稽古の後の酒のせいかもしれぬが、これほど酒がおいしいと思ったことはない」

「稽古?」

源二郎は神田の千葉道場に通うようになった経緯を話していた。

佐希は手紙をどう認《したた》めていいのか、迷っているらしい。源二郎の話に付き合った。

「江戸の剣法は肥後のものと違いますか」

「焼酎《しょうちゅう》と酒の違いほどの差がある。おれのは強いが、いなか者の剣だ」

佐希が笑った。

源二郎は初めて女の笑う顔を見た。

薄闇のなかで白梅が一輪浮かんでいるような笑みだった。

「そなたは泣き顔よりも笑顔が似合う」

「お口がうまい」

佐希は小机に再び向かったが、すぐに源二郎を振り見た。

「旦那様はほんとうに釈放が叶《かな》いますか」

「それは作左ヱ門様も約束された」

源二郎は実吉の名まで挙げて答えていた。

「まさかそのような事態になるとは」

佐希は苦笑した。

「先ほど、しげに暇《いとま》をやったところです。わたしもこの家を立ち退《の》くつもりでした」

「それは金戸どのががっかりされよう」

「旦那様のお命はないものと思っておりました。よしんばあったとしても、ご家族の許《もと》に帰られるのが筋」

「手紙にはどうあった」

「会いたいと」

「ならばこちらに見えよう。迷惑か」

「家族やお仲間の恨みをもったあの方と生涯をともにするのですか」

いやいやをするように女は顔を振った。

「返書はどうする」

「どうするとは」

「下屋敷《しもやしき》の座敷牢《ろう》に軟禁されている身の老人だ。安心させてやれ」

「そなた様には好都合なのですか」

佐希は机の前から離れると、源二郎の手にしていた空の杯を奪った。

「注いでくださいな」

源二郎が慌《あわ》てて酒を満たした。

女はぐうっと呷《あお》るように飲んだ。

「酔いでもしないと、どう返事を書いたものか分かりませぬ」

「そなたは武家のお生まれか」

「現米八十石取りの貧乏直参《じきさん》、その御家人株すら父は売って酒に替えた。母が亡くなった時、わたしは水茶屋に身を落としました……」

「江戸は極楽のように思えたが、微禄の家族はどこも似たようなものか」

源二郎は女の杯に新たな酒を注いだ。

「飲むか、源二郎」

言葉を崩した佐希は自嘲《じちよう》するように言うと、一気に杯を干して源二郎に差した。


人吉藩に参勤下番の許しが出たのは正月の十一日のこと、藩邸は数日後の出立《しゅったつ》に向けて最後の準備に入った。

数馬源二郎も相良頼之に随行して肥後に戻る命《めい》をあらためて受けた。

明朝七つ立ちが決まった夜、源二郎は作左ヱ門から呼び出しを受けた。

役宅に急行すると、作左ヱ門が言った。

「金戸幹之進が下屋敷の座敷牢を破って逃げた。おそらくは女の家であろう」

「おられたらどうします」

「国許の門葉に連絡をとったやも知れん。始末せよ」

「斬れと」

作左ヱ門はうなずいた。

（なぜ今になって座敷牢を破ったか）

源二郎はそんな疑問を感じながらも新網町に急行した。

佐希の家の前までくると作左ヱ門が、あの家には近付けんと約束した小者《こもの》の龍三がのっそりと姿を見せた。

「おぬしは」

「上がっておりやすぜ」

龍三は源二郎の言葉を遮《さえぎ》ると、うむを言わせずに顎《あご》を振った。

「どうして座敷牢を破ったのだ」

過日の佐希の返書には、旦那が自由の身になるまでこの家にて待つと認《したた》められてあった。だが、彼女は金戸が姿を見せる前に妾宅を引き払うと源二郎にその本心をのぞかせていた。

「そりゃ女に会いたい一心でしょうよ」

にべもなく答えた龍三が、言い添えた。

「旦那、裏からお願いいたしやす、木戸口の錠は外してありますぜ。あっしは表口から入ります」

「うん」

源二郎は心が定まらぬままに裏へ回った。

木戸を押すと確かにすいっと開いた。

この家に侵入するのは二度目ということになる。

龍三は裏戸も外していたと見え、難なく台所に入りこんだ。

奥に明かりが点《とも》っていた。押し問答するような声も聞こえてきた。

源二郎はせまい土間で鯉口《こいぐち》を静かに切った。

（金戸は抵抗するのであろうか）

板の間に上がると、ゆっくり奥へと進んだ。

「そなたはわしを捨てて逃げる気であったか」

「ですから申し上げたように、いつかは所帯を畳まねばと始末をしていただけのこと」

「嘘《うそ》を申せ。なぜ早々に下女まで暇を出した、男でもいるのか」

金戸幹之進の呪詛《じゆそ》のような言葉が続き、

「なにをなさいます」

と言う佐希の悲鳴がふいに上がった。

源二郎は部屋の障子を開けた。

すると金戸が佐希の体に覆いかぶさるようにもみ合っていた。

佐希が逸早《いちはや》く源二郎に気付いた。

軽蔑《けいべつ》に彩られた瞳が恥ずかしさを湛《たた》えながらも、表情は安堵《あんど》へと急速に変わった。

「金戸様」

源二郎の声にがばっと金戸がはね起きた。

不精髭《ぶしょうひげ》の生えた顔に恐怖が走った。

源二郎が最後に見た一月《ひとつき》前よりも老いが金戸の顔に見えた。

女がゆっくりと乱れた裾《すそ》を直した。

「作左ヱ門の走狗《いぬ》か」

金戸は部屋の隅に置かれた脇差に飛びついた。

「なぜ今になって逃げられた」

「錠も外されてあったで、外に出たまでじゃ」

「他愛もない嘘を」

「嘘なものか」

と叫んだ金戸は、

「うぬも作左ヱ門に使われるだけ使われて、ぼろ布のように捨てられる身じゃ」

と佐希と同じことを告げた。

源二郎はそれには構わず、問い質した。

「国許に連絡をとられましたか」

「どの面《つら》下げて連絡がとれる」

「ならば下屋敷にお戻りなされ」

金戸が狂気じみた笑い声を上げた。

「戻ったらどうなる」

「殿ご一行が人吉に到着さえすれば自由の身」

「そのような作左の言葉を信じておるか、馬鹿な」

「では、どうなさるおつもりです」

「おれは佐希と逃げる。邪魔するでない」

女が首を横に振ると叫んだ。

「いや、わたしはいやです」

「おまえはこれまでの恩も忘れて」

金戸は脇差の鞘《さや》を払って捨てると佐希を斬りつけようとした。

源二郎の体が二人の間に割りこんで、

「金戸様、そなたも人吉藩士なら身を処する術《すべ》はご存じのはず」

と言うと金戸の痩身《そうしん》を押し離した。後退して障子にぶつかった金戸の体がびくりと硬直して顔の表情が固まった。

「うっ」

脇差がぱらりと手から落ちた。

金戸の体が部屋に押し戻され、背に突き立てた匕首《あいくち》を抜きながら、龍三が姿を見せた。

「旦那、手際がわるいぜ」

龍三は裾を乱した佐希に酷薄な視線を向けて言った。

金戸は腰を深く落として、佐希にすがるような目を向けた。

「金戸の旦那、女はもはや、おめえには未練がないとよ」

「佐希……」

金戸はゆらりと廊下に出て歩き出した。

「始末をしてくんねえな」

龍三が横柄《おうへい》にも源二郎に指図した。

源二郎は金戸の後に従った。

ただ武士らしい最期を遂げさせてやりたい一心からの行動だ。

金戸幹之進の体がぐらりと傾き、雨戸にぶつかると外れた雨戸ごと庭先に転がり落ちた。

源二郎は庭に飛び下り、喉《のど》に手を当てると金戸の呼吸を確かめた。すでにこと切れている。

源二郎は白目を剝《む》いた金戸の両眼を閉じさせて合掌した。

彼には金戸に対する恨みも軽蔑の気持ちもない。

老人は若い女に身を滅ぼした。

めしのために剣を修行し、出世のために切り売りする自分とどこが変わりあろう。

源二郎の耳に佐希の悲鳴が聞こえた。

廊下に飛び上がり、寝間に走った源二郎の目に龍三が佐希の体にのし掛かり、白い股《また》を押し割ろうとする光景が飛びこんできた。

「おのれは！」

源二郎は叫ぶと龍三の背を蹴《け》った。

ごろりと佐希の上から転がり落ちた龍三が怒張した股間《こかん》をさらして立ち上がると叫んだ。手には金戸幹之進の血に濡《ぬ》れた匕首を握りしめている。

「お前は獣か」

「どさんぴんが」

「許せん」

佐希が次の間に逃げこむ姿が視界の端に映《うつ》った。

「仕事にはな、駄賃《だちん》が付き物なんだよ」

龍三は匕首を腰に当てると、いきなり源二郎にぶつかってきた。

源二郎は足先で布団を蹴り上げて攻撃者の視界を閉ざし、半身を開いて突きを躱《かわ》した。

「くそっ！」

龍三は廊下に飛び出すとくるりと反転した。

剽悍《ひょうかん》な身のこなしだ。

そのわずかな時間に源二郎の手が脇差の柄にかかっていた。

「死にやがれ！」

再び突進しながら匕首の切っ先を突き出してきた。

源二郎の抜き打ちも翻ると龍三の喉を斜《なな》めに斬りあげた。

龍三の喉が、

「ひゅっー」

と鳴って、争いに乱れた寝間に赤い一筋の血をまき散らした。

（作左ヱ門様はなぜこのような悪党を使っておられるのか）

そんな疑問が源二郎の頭に疾《はし》った。

「ふーう」

佐希の重い吐息が源二郎の耳に聞こえた。次の間を源二郎は振り見た。

「礼は申しませぬ」

そう言う佐希の視線は空《うつ》ろに惨劇の上を彷徨《さまよ》った。

源二郎は、脇差を鞘に戻すと龍三の体に手をかけた。

第三章　門葉反乱

一

元大坂東町奉行所与力大塩平八郎《おおしおへいはちろう》が飢饉《ききん》対策に抗議して乱を起こしたのは天保《てんぽう》八年仲春のとある深夜のことだ。そんな時期、実吉作左ヱ門と数馬源二郎は人吉城下に入った。

源二郎にとっておよそ四か月ぶりの故郷だが、懐《なつ》かしさはない。その胸のうちにあるものは、江戸に比べてなんと小さく、暗い城下かという幻滅感だけだ。

（なんとしても使命を果たし、江戸在勤を確かなものにしなければ）

その思いが沸々《ふつふつ》とあった。

「源二郎、刈谷屋敷を通り過ぎてはおらんか」

提灯《ちょうちん》もなしに歩を進める不安からか、作左ヱ門が先を行く源二郎に聞いた。

二人は熊本城下において相良頼之の参勤《さんきん》下番の行列から離れて先行、人吉入りしたところだ。

「次の辻《つじ》を曲がりますれば師匠《ししょう》の門前……」

二人の足元を疎水《そすい》のせせらぎが音を闇《やみ》に響かせていた。

源二郎には通い慣れた道だ。作左ヱ門を師匠の刈谷一学の屋敷の門前に案内すると、

「ちょっとお待ちを」

と言い残し、土塀を乗り越えた。

刈谷は改革派の中心人物のひとり、屋敷前に見張りが立っていないともかぎらない。

そうなれば、深夜の訪問は門葉一統に不審を抱かせる。

源二郎はそう考え、土塀を越えた。

通用門を開けると作左ヱ門を敷地に導き、奥庭に入った。

師匠の寝間の雨戸を叩《たた》くと、すぐに起きる気配があった。

「師匠、源二郎にございます」

室内がざわつき、雨戸が開けられた。

「源二郎か、心配しておった。まずは上がれ」

「実吉様もご一緒で」

「なにっ、作左ヱ門様も」

刈谷がほっと安堵《あんど》の声を漏らし、言った。

「潜《くぐ》り戸から招じてくれ」

夜旅で濡《ぬ》れた草鞋《わらじ》を脱ぎ捨てた訪問者たちは、廊下から屋敷に上がった。

手明かりを持った刈谷の妻女のかなが江戸からの訪問者を迎え、座敷へと案内する。

衣服を改めた刈谷が慌《あわ》ただしく座敷に入ってきた。

「今、火をお持ちいたしますでな」

そう言いながら実吉の前に座った刈谷は、

「作左ヱ門様、お待ちしておりましたぞ。人吉を出立《しゅったつ》されて以来、連絡が途絶えておりましたのでな、われら一同心配しておりました」

「門葉の様子はどうじゃ」

「追跡隊が失敗して、五郎丸親子が怪我《けが》をしたとかしないとか、城下に噂《うわさ》の立った頃は意気消沈しておりました。ところが昨年末あたりから中老の万頭様らの鼻息がえらく荒くなり申してな、われらは作左ヱ門様の身によからぬことが起こったのではと、やきもき致しておったところ……」

偽装した江戸情報を書かされた金戸幹之進の書状の数々が功を奏したのであろう。

作左ヱ門が満足そうに笑って、よし、と言った。

妻女と下女が火鉢と茶を運んできた。

その間、事件の話は中断された。

「源二郎は役に立ちましてございますか」

刈谷が顎《あご》で源二郎を指し、作左ヱ門に聞く。

「今度の功績の第一は、数馬親子だ。源二郎がいなくては、それがしは人吉の地を踏むことも、そなたに再び見《まみ》えることもなかった」

「源二郎の風貌《ふうぼう》が変わりましたでな、役目は果たしたと見当はつけておりましたが」

刈谷が破顔し、女たちが下がった。

作左ヱ門が言葉を改めた。

「頼之様ご一行は明後日、昼の刻限までには城下に到着される」

「おおっ」

刈谷は思わず叫び、目頭を押さえた。

作左ヱ門は、人吉を抜けた後の苦難の旅と江戸での行動、さらには門葉派へ下《くだ》された処断を刈谷に告げた。

「なんとなんと、源二郎がタイ捨流の松沼権兵衛どのを斬《き》り捨てたか」

刈谷はわが弟子を畏敬《いけい》の目で見た。

「刈谷どの、われらが先行してきたは理由がある」

緊張を戻した刈谷が顔を作左ヱ門に向けた。

「国許《くにもと》の門葉の勢力は江戸藩邸どころではない。国許においてもしっかりした証拠を摑《つか》み、門葉を分断する必要がある。こちら側は何人、動かせるな」

「門葉に悟《さと》られずに動かせるとしたら、せいぜい十二、三名」

「であろうな」

「彼らを明後日の早朝までに集められるか」

「いったん里の巡察に出向かせ、夜のうちに城下に戻すならば、なんとか騙《だま》せましょう」

「それはおぬしにまかせる。まず明後日の早朝にも肥後屋昌七の店を探索し、〝長崎買い物〟の証拠を押収せねばならん」

「肥後屋に手が入ったとなれば、門葉はわれらに倍する手勢を差し向けますぞ」

「だからじゃ、頼之様の行列が城下に到着するまで肥後屋に手が入ったことを門葉に悟られてはならん」

「それは難しゅうございますな」

さほど広くもない城下町だ。

豪商肥後屋昌七の店が開かないとなれば、当然、怪《あや》しまれるだろう。

「肥後屋の持ち船はどこに停泊しておる」

「いつもは佐敷湊《さしきみなと》の沖合いに停船しております」

「よし、ならば肥後屋の船に異変を起こさせるように手配りできぬか」

ふーむ、と刈谷は考えこんだ。

「異変の知らせが入れば、肥後屋は当然雇《やと》い人を佐敷湊に差し向けよう。それだけ肥後屋に人は少なくなる。その上で明後日の朝には店の戸に臨時休業の貼《は》り紙を出そう。昼過ぎまで持ち堪《こた》えられれば、頼之様ご一行が到着なさる」

「なるほど、異変ですか」

再び考え落ちた刈谷は、呟《つぶや》くように言った。

「火事か……」

「火事ならば肥後屋も助《すけ》っ人《と》を出すな」

「人吉と佐敷湊には九里ほどの距離がございます。明日にも船火事を起こすとなれば、今すぐにも手配をせねばなりませんな」

「できるか」

刈谷が大きくうなずき、請け合った。その上で、

「明け方には徒士《かち》奉行の佐々木ら幹部を集めます。それまで暫時《ざんじ》お休み下され」

「いや、われらが人吉に戻ったことをだれにも知られてはならぬ、敵にも味方にもな。頼之様帰郷まではそなただけのことにしておけ」

「相分かりました」

「師匠、手が足りぬとあらばそれがしが」

「いや、ぬしは動かん方がよか」

と弟子に言いおくと姿を消した。

実吉と源二郎に夜食と焼酎《しようちゆう》が供された。

夜旅の疲れと興奮は焼酎で鎮《しず》まった。

「源二郎、始末がつくまで花嫁御寮《ごりよう》とも会えんわ」

焼酎に酔ったか、作左ヱ門が軽口を叩いた。

源二郎はやえの顔を思い浮かべようとしてみたが、像が結ばなかった。その代わりに佐希の白い顔が浮かんだ。

龍三が金戸を殺し、源二郎がその龍三を始末した夜、源二郎は闇に紛れて二人の死体を新堀川の流れに投げ捨てた。

二つの亡骸《なきがら》はゆっくりと水中へ没して消えた。

凶行のあった家に戻った源二郎は佐希に、

「もはや、そなたはだれからも自由の身じゃ」

と別れの挨拶《あいさつ》をした。

女は金戸と龍三の血を拭《ふ》き取り、凶行の跡を消し去っていた。

「さらばじゃ」

出て行こうとする源二郎に女が、

「待って」

と言った。

「七つ（午前四時）には、江戸を発《た》って人吉に戻らねばならん」

その刻限が二刻《ふたとき》（四時間）ほど後に迫っていた。

「礼を言わせずに行くというの」

「礼？　そなたにとっておれは疫病神《やくびょうがみ》であったろうに」

佐希は源二郎の手を取ると、金戸と龍三の血がかすかに匂《にお》う寝間に誘った。

「また江戸に出てくるのね」

「事件の始末が終われば、江戸藩邸勤務になる。殿様が約束されたでな」

「待っているわ」

「待つ？　そなたがこのおれを」

源二郎は信じられない言葉を耳にして問い直した。

「迷惑？」

「なぜじゃ」

佐希が源二郎の体にぶつかるように縋《すが》ると布団の上に押し倒した。

源二郎の鼻孔に佐希の香りが充満した。えも言われぬ匂いだ。

いつの間にか源二郎は裸にされ、佐希のしなやかな体と重なり合っていた。

「頭がくらくらする」

「やえ様に悪いかしら」

「顔も思い出さん」

「わたしでいいのね」

「ああ、なんぼかよか」

源二郎は忘我とした頭で佐希のやわらかな体を抱き締めていた。そしてこの時間がいつまでも続くならばと思っていた。

「数日の辛抱でござれば」

そう言う源二郎に作左ヱ門がにたりと笑いかけた。

作左ヱ門と源二郎は刈谷邸の奥座敷で春の一日をひっそりと過ごした。

刈谷が佐敷湊の肥後屋の持ち船から火が出たと知らせてきたのは夕暮れの刻、

「燃え落ちはしませぬが、だいぶ手を入れぬかぎり、航海はできませぬな。それに積み荷に損害が出ておるそうな」

「悟られてはおらぬな」

「幸いなことに船には船頭を始め、主だった者は乗っておらなかった由《よし》、火付けを見られてはおりませぬ」

「肥後屋に連絡は来たか」

「先ほど早馬にて知らせが入りましてな、番頭、手代、それに用心棒の浪人どもら八、九名の者が佐敷に走っております。佐敷到着は夜明け前でございましょう」

「よかろう、こちらの手配はどうじゃ」

「八つ（午前二時）過ぎまでには里に出した巡察の者たちがこの屋敷に戻って参ります」

「人数は何人じゃな」

「火事の方に人手をとられましたので八名にございます」

「八名か。肥後屋に残っておるのは」

「昌七の家族を入れて十六、七名」

「まあ、相手は商人に女、子供……」

「数名ほど浪人者が残っておるはず。こちらはそれがしと源二郎でなんとか……」

「騒ぎを起こしては失敗じゃ」

町奉行刈谷一学の支配下にある八名が密《ひそ》かに刈谷の道場に戻ったのは夜明け前、里では季節外れの雪が降っているとか、疲れ切った顔をしていた。この八名に刈谷自身と源二郎が加わった十名が肥後屋の店を襲撃することになった。

指揮をとる刈谷は、手勢を表、裏と二手に分け、自ら表口の先頭に立ち、源二郎を裏口に加えた。

「よいか、われら表組は佐敷湊からの連絡役として戸を叩く。裏口組はその間に密かに侵入して表の戸が開けられん場合に備えよ」

裏口組の四名は上士ばかり、出奔《しゅっぽん》の噂があった源二郎がなぜ加わるのか、不審に思っている様子がありありと見える。

「源二郎、そなたが塀を乗り越えて戸を開けよ」

裏口に到着した時、刈谷道場の先輩でもある町奉行方堀村保晃《ほりむらやすあき》が命じた。

源二郎はうなずき、

「堀村様、肩をお借りしますぞ」

「なにっ、わりゃ、下士の分際で上士を土足にかけようというのか」

「それともそなた様が塀を乗り越えられますか」

堀村の命《めい》でなかの一名がしぶしぶ塀に両手を突いて腰を屈《かが》めた。

源二郎は身軽にその者の肩に乗ると塀を越えた。通用口の落とし錠を外し、四名を敷地へと入れた。

表口では押し問答が続いているらしく、その様子が春は名のみの寒風に乗って聞こえてきた。

「表は苦労の様子じゃ。われらが屋敷内に入る」

五名が台所と思《おぼ》しき戸口に接近した時、一つの影がひっそりと待ち受けていた。

「夜盗の類《たぐ》いか」

肥後屋に飼われているという浪人者であろう。

堀村が無言で刀を抜き、上段に構えた。

源二郎は手早く刀の下げ緒で襷《たすき》をかけた。

「どうやら改革派が動いたとみえる」

浪人は腰を沈めると居合いの構えを取った。隙《すき》が見えないのは幾度《いくど》も修羅場《しゅらば》を潜《くぐ》った経験があるのであろう。

「堀村様、それがしが」

「源二郎、ぬしの出る幕ではなか」

堀村は源二郎を叱《しか》りつけると、肩に背負った刀を振り翳《かざ》したまま突進した。

浪人者は堀村を引きつけるだけ引きつけておいて、沈めた腰を伸び上がらせながら長刀を抜き打った。深々と腹部を抉《えぐ》られた堀村は声を上げずに地面に倒れこんだ。

「おのれ」

「もだゆることなか」

慌てた三名が剣先を揃《そろ》えて浪人者を囲もうとする前に身を入れた源二郎は、腰高になった相手の喉首《のどくび》にゆっくりとした動きの突きを入れた。

相手は源二郎の突きを引き寄せた剣で払った。

源二郎はその動きを計算に入れていた。手繰《たぐ》ると一転素早い刺突《しとつ》を繰り返した。

遅速《ちそく》を変えて繰り出された源二郎の突きを浪人者は、躱《かわ》し切れなかった。

肥前国近江守忠吉の切っ先が喉元を斬り裂いて、くぐもった声を上げさせた。それでも剣を構え直す相手の胴に源二郎は身を寄せると止《とど》めの一撃を入れた。どたりと闇の地面に倒れた。

呆然《ぼうぜん》としている三名の仲間に、源二郎は行きますぞと声をかけた。

台所の裏戸が開いていた。

「せからしかが何が起こったか」

「盗人が入ったごたる」

異変に気付いて起きてきた手代や女中らは源二郎の姿を見るとぎょっと立ち竦《すく》んだ。

「御用の筋じゃ。おとなしくいたせ」

源二郎は、そう言うと店の者を地下蔵に押し込み、仲間の一人に見張り番を命じた。凄《すさ》まじい戦いぶりを見せられたばかりの若い藩士はうなずくと素直に従った。

壁から常夜燈の行灯《あんどん》を外した源二郎は残りの二名を引き連れ、奥へと廊下を進んだ。

「何ごとか」

障子の向こうから野太い男の声が誰何《すいか》した。落ち着いた声音は、主《あるじ》を予想させた。

「町奉行の手入れにございます」

源二郎が答えた。

「昌七様のごたる」

仲間の一人が源二郎に言った。このような場合にも尊称をつけて呼ばれる肥後屋の力を思い知らされる。

「町奉行がこのような夜盗の真似《まね》をなさるか」

問い返す昌七の声音に源二郎は不審なものを感じた。

源二郎は連れの藩士に手で廊下に伏せるように命じると、いきなり障子を開け、手にしていた明かりを部屋に投げ入れた。

火の手が上がり、銃声が響いた。

源二郎が障子を突き破って部屋に転がりこんだのはその直後だ。

短筒《たんづつ》を手にした肥後屋昌七と若い女房が布団の上に正座していた。

行灯は畳の上でめらめら燃え上がろうとしていた。

短筒の銃口が源二郎に向けられ、同時に源二郎の刀の切っ先が昌七の胸に当てられた。

「短筒をもらおうか」

昌七に動じた風はない。

「町奉行の差配《さはい》ではないな。どなたの御指図でございますかな」

さすがに人吉藩の門葉と組んで一万両からの、密輸まがいの買い物をしてきた豪商だ。腹が据わっている。

「数馬源二郎、少々剣にはおぼえがある。そなたが引き金を引く前に、おれの切っ先がそなたの胸を突き破る」

「上覧試合に勝ちを得た彦根源二郎様で。私もそなたの晴れ姿は見ましたよ」

昌七は源二郎に短筒を渡した。

「よか思案でござりまする」

そう言った源二郎は、廊下に呆然と座り込んだままの仲間に命じた。

「なにをしておられる。早《はよ》う火を消されぬか」

二人が慌てて布団を火の上にかけて消した。

「どうやら佐敷湊の火事騒ぎも、そなたらの仕業《しわざ》か」

独語する肥後屋の見張りを二人に命じた源二郎は、店とおぼしき方に走った。

明かりがちらつくなかで剣と剣がぶつかる音が聞こえてきた。

源二郎がのれんをはね上げると、反撃にあって戸口に追い詰められた刈谷らが見えた。剣や脇差《わきざし》を振るって戦っているのは浪人と店の者の七、八名だ。

肥後屋には刈谷の想像したよりも多くの用心棒がいたことになる。

「師匠、ご助勢仕《つかまつ》りますぞ」

源二郎は土間に飛んだ。着地すると同時に浪人の首筋をなで斬っていた。

悲鳴も上げずに倒れ込んだ。

「おお、源二郎か」

店の者が長脇差を翳して源二郎に襲いかかった。

源二郎は小手を巻き落とすように脇差と手首を叩いた。

一瞬のうちに二人を倒された肥後屋勢に動揺が走った。

刈谷ら襲撃組は息を吹き返した。

「手向かいする者は斬る」

刈谷が叫ぶと刀を正眼《せいがん》に構えた。あたりを威圧する風格が戻っていた。

源二郎の前に痩身《そうしん》の浪人が立った。

それまでひっそりと仲間の端に立っていた男だ。

「彦根源二郎か」

旧姓で源二郎を呼んだ。

「そなたは」

「竹鉄砲事件に連座した一族の者でな、御前試合に出られなかった男よ」

およそ八十年も前に藩放逐《ほうちく》にあった門葉の末裔《まつえい》が肥後屋の用心棒として糊口《ここう》を凌《しの》いでいる。人吉における門葉の根強さを見せ付けられる思いだ。

「名前を聞いておこうか」

「左右田龍之進《そうだりゅうのしん》」

そう答えた左右田は中段に構えをとった。

源二郎の背筋に悪寒《おかん》が走った。

不気味な剣だ。

源二郎は脇に剣を引き寄せ、刃を寝かせた。

二人の剣気が肥後屋の広い店先を圧した。

刈谷らも他の浪人者も自らの相手に注意を払いながらも、二人の決闘に視線を取られていた。

源二郎は無造作に間合いを半歩詰めた。

左右田の剣先が水平に下がり、小さな円を描き始めた。

源二郎の眠りを誘うようなゆっくりした動きだ。その双眸《そうぼう》にぎらぎらとした光が浮かんできた。

源二郎は、左右田の目尻《めじり》の細かな震えに刮目《かつもく》した。

痙攣《けいれん》がさらに速まった。反対に切っ先はゆるやかな動きに変わり、渦を巻くように大きな円に移行していった。

源二郎はつい円運動に注意をとられ、渦の中心に吸い込まれるように突きを入れていた。

円を描いていた左右田の剣が直進してきた源二郎の剣の峰を絡めとり、外側にはじき飛ばすと脇腹に鋭い斬撃《ざんげき》を送ってきた。

「源二郎！」

師匠が叫んだほど迅速《じんそく》変幻の剣技だ。

源二郎は斜《なな》め前方に飛んで、斬撃の間合いから逃れた。だが、その前に腰骨を浅く斬られていた。戸口の前で反転した源二郎は、再び円を描き始めた剣技の持ち主と対《たい》峙《じ》した。

源二郎は瞳孔《どうこう》の変化だけを注視した。

円がさらに大きくなった。

源二郎は半身に体を移し、後方に引いた左足をかるく持ち上げ、とーんとーんと土間を叩き始めた。

円運動の間に異音が混じった。

左右田の顔に不快の感情が浮かんだ。

源二郎は気配もなく地面を叩いていた草履《ぞうり》を左右田の顔面に向かって蹴《け》り飛ばした。

左右田は反射的に顔を振って避《よ》けた。

円がとぎれ、目尻の震えが止まった。

源二郎が腰を沈めて走った。

走りながら脇に引き付けた近江守忠吉二尺三寸四分が弧を描いて伸びた。

左右田はとぎれた動きから立ち直ると再び剣に力を注入しようとした。

手元に引き付け、必殺の突きを入れようとした。だが、中断したものが再始動するには微妙な時間を浪費した。

源二郎の剣身が脇腹から胸部をしたたかに斬り上げた。

足を縺《もつ》れさせた左右田は、それでも虚空《こくう》に突きを入れると前のめりに倒れこんだ。

緊迫した店先に弛緩《しかん》の空気が走った。

「源二郎、見事じゃ」

そう叫んだ刈谷が、

「肥後屋の者ども、もはやこれ以上の抵抗は無駄じゃ」

と叱咤《しった》した。

雇われた浪人が剣を捨てた。

店者も脇差を投げた。

四半刻《しはんとき》（三十分）後、大戸に本日、臨時休業の貼り紙をした肥後屋に実吉作左ヱ門と経理に明るい数馬赤七が入り、番頭の一人に手伝わせて、〝長崎買い物〟に関連した膨大な帳簿を調べ始めた。

二

藤原乙麻呂《ふじわらのおとまろ》の末裔の一族は遠江《とおとうみ》（静岡）国相良荘を住まいとしていたが、相良頼景《よりかげ》の代に球磨郡多良木荘に移封された。

建久《けんきゅう》四年（一一九三）のことだ。

以来、相良氏は人吉盆地に栄えてきた。

天正《てんしょう》から寛永《かんえい》にかけて相良氏は人吉盆地の一角、北は球磨の流れ、西は胸川を自然の堀として居城を設け、東南部に本丸を、その西北に二の丸、三の丸を、さらに西に居屋敷曲輪《くるわ》を設けて城主の館《やかた》とした。

人吉城、別名相良城とも繊月城とも呼ばれるが、天保八年二月二十一日の昼下がり、十四代人吉藩主相良壱岐守《いきのかみ》頼之の参勤《さんきん》下番の行列が突然城下に入って、家臣や城下の者たちを驚かせた。

藩主帰城の太鼓が鳴り響き、非番の藩士たちも慌てふためいて登城してきた。城中にいた者は、三月も早い帰国に色めき立った。

人吉藩は城士知行取百五十二名、扶持《ふち》米取百四十七名。この他、外城士《とじょうし》として知行取二十九名、扶持米取二百三十八名、侍総数五百六十六名の藩である。下番に従ってきた者のうち、二十数名の幹部と城下に住む上士百余名が取り急ぎ大広間に参集した。

「突然の帰国じゃが、なにか出来《しゅったい》したか」

「江戸で異変が起きたという話じゃが」

「いや、昨年来の騒ぎと関係しておるらしか」

「そう言えば、肥後屋の大戸が下りたままじゃ」

「なんでん佐敷で船火事に遭《あ》ったというぞ」

大広間に集められた城士たちは勝手な推測を語り合った。

下士の者はそれぞれ所属の部署で待機を命じられている。

行列に従ってきた者たちは沈黙したままだ。

国許の幹部たちが大広間に入ってきた。

家老の田代政典は〝眠り達磨《だるま》〟の異名通りに眠ったような表情だが、改革派の面々にも門葉一統の顔にも緊迫感があった。

「中老万頭様の姿が見えんな」

「おれは大手門で出会ったぞ。せかせかと屋敷の方に帰っておられた」

「町奉行の刈谷様の姿もなか」

「本日は非番ではなかか」

「大方、釣りにでも行かれてご承知ないのであろう」

藩士たちは呼集から一刻《いっとき》以上も延々と待たされることになる。

廊下に通じる襖《ふすま》が開かれ、実吉作左ヱ門が国許の幹部たちとは相対する席についたのは七つ半（午後五時）を過ぎた頃合だ。その背後に町奉行の刈谷一学と数馬源二郎を従えていた。

行列に実吉らの姿のないことを心配していた改革派の徒士奉行佐々木千代三の顔に喜色が走った。

「どなたか」

「江戸の御用人様じゃ」

「初めてのことじゃな」

「いや、なんでも昨年末に人吉に潜入されていたというぞ」

「おい、後ろに控えるは出奔した、異風者《いひゅごろ》の源二郎ではなかか」

「数馬の醜女《しこめ》に婿《むこ》入りした下士か」

「そんなことはあるまい」

「いや、源二郎じゃ。なぜあのような上座におる」

「あやつが改革派とは聞いておらんが」

門葉一統には不安と動揺が走った。

「頼之様、ご出座」

小姓の声とともに頼之が姿を見せると家臣一同が平伏した。

「殿、ご帰国祝着至極に存じ奉ります」

家老の田代が家臣を代表して祝辞を述べた。

「一同の者、大儀である」

「突然のご帰国に家臣一同、驚き入った次第、なにか異変でも出来《しゅったい》致しましたか」

「藩内の飢饉はどうじゃな」

「城の蔵に備蓄しておりました籾《もみ》などを困窮はげしき村々に供出致しまして、なんとか凌《しの》いでおる状態にございます」

頼之はうなずくと国許幹部を見渡した。

「幕府老中に願って参勤下番の時期を早めてもらったは、領内の不穏な空気を一掃するため」

恐縮に存じます、と田代が困惑の体《てい》で言い、続けた。

「殿、さりながらただ今のところ、一揆《いっき》発生の様子もなく」

「田代」

頼之は国家老の言葉を遮《さえぎ》った。

「万頭丹後に五郎丸光右衛門の顔が見えんが、病気か」

はっ、と畏《かしこ》まった田代は幹部の顔を覗《のぞ》き込み、

「これはしたり、中老は遅参か」

「病気ではないのだな」

「宗門奉行の五郎丸は昨年来、腰痛を患《わずら》いまして屋敷療養に努めておりますが、中老どのは壮健にございます。だれぞ、万頭どのの様子を知っておるものはおらんか」

中老が城から下がるのを見たという徒士がその模様を述べ立てた。

「なに、殿のご帰国を知って城を下がったてか。万頭はなにを考えておる」

「謀反《むほん》にござる」

初めて実吉作左ヱ門が口を開いた。

その言葉に大広間は騒然となった。

「実吉どの、ちと唐突《とうとつ》に過ぎる」

田代が抗議した。

「中老万頭丹後は、先刻一族の者たちを連れて屋敷を出られた」

一座のなかの門葉がざわめき、中座しようという者まで現れた。

「退《さ》がることはならん」

刈谷が大声を張り上げた。腰を浮かしかけた人々はしぶしぶ腰を下ろした。

「なぜそのような真似《まね》をせねばならん」

田代が尋《たず》ねる。

「昨年冬、江戸藩邸において中老格村上岳沖、勘定方頭取金戸幹之進、作事方守山五郎丞、道中奉行松沼権兵衛ら四名が切腹、家名断絶の沙汰を受け申した……」

「なんと江戸の門葉衆が」

「どのような理由《いわれ》があってのことか」

「なぜ国許に知らされん」

喧騒《けんそう》が大広間を包んだ。

一旦腰を下ろした門葉派の面々が脇差の柄《つか》に手をかけ、実吉に迫ろうとした。それに改革派が立ち塞《ふさ》がった。

「殿の御前じゃ、静まれ」

「話の途中である」

田代と刈谷が再び大声を上げて制止した。

「理由を申し述べる……」

作左ヱ門の言葉に今度は深い沈黙が大広間を支配した。

作左ヱ門は江戸藩邸で村上に申し聞かせたと同じように門葉の〝長崎買い物〟の実態を一座の者に告げ始めた。

「一部の門葉たちが、城下にある米問屋肥後屋昌七と結託、藩旗を掲げた肥後屋の持ち船を長崎に派遣して、年間一万四千両からの南蛮《なんばん》物、唐物取り引きを為し、五千両にもおよぶ不当な利益を自らの懐に私《わたくし》してきた」

「言い掛かりじゃ、何の証拠があってさようなことを仰せられる」

「そうじゃ、門葉を江戸者がないがしろにするのは許せん」

源二郎が襖を開けて帳簿の山の一部を大書院に運びこんだ。

肥後屋に残された大半の帳簿類は、源二郎の舅《しゅうと》数馬赤七がいまも調べを続けていた。

作左ヱ門は、扇子《せんす》の先で指し示し、

「肥後屋方より押収したる〝長崎買い物〟に関する、ここ五年の帳簿である。これはほんの一部、じゃが江戸において勘定方頭取金戸幹之進が自白したる内容を裏付けるには十分な証拠である。ついでに申し述べておく。すでに肥後屋の身柄は町奉行支配下にある」

大広間から声が消えた。

「これによれば中老万頭丹後以下、国許の門葉十余名が常習的に肥後屋と結託して〝長崎買い物〟をしたること明白……」

「一方的な言いようじゃ、十余名とはだれのことでござる」

前列に座した藩士のひとりが顔を真っ赤にして言い募《つの》った。

作左ヱ門が刈谷の顔を見た。

町奉行刈谷が小声で囁《ささや》いた。

「そちが物頭《ものがしら》尾上帯刀か」

「いかにも」

「そなたは〝長崎買い物〟を門葉一統が為す場合、経理を担当して肥後屋昌七と協力、事にあたっておるそうじゃのう」

「なにを証拠にそのような言い掛かりを」

「二年前、そなたは博奕《ばくち》に負け、とある人物から二百両の借金をした覚えがあろう。その金は〝長崎買い物〟の資金にあてられた」

尾上の顔に憤激と恐怖がまぶされた。

「その折り、そなたは担保として〝長崎買い物〟の帳簿を金を貸した人物に提供した。どうじゃ、尾上」

尾上は満座のなかで恥を晒《さら》され、窮地に追い詰められた。

「それがしは昨年秋、殿の命により極秘に人吉に参り、門葉の不正な取り引きと蓄財を調べた。尾上、そなたが金貸しに提出した〝長崎買い物〟の写しが事件を解明する鍵となった」

「おのれ、数馬赤七めが」

脇差の柄に手をかけて立ち上がった尾上は、金庫番数馬赤七の姿を列座のなかに探し求めた。

「そなたが探す者は肥後屋にて帳簿を調べておるわ」

源二郎が音もなく膝行《しっこう》して尾上に近付き、

「尾上様、殿の御前でござる」

と囁いた。尾上の狂気に満ちた視線が源二郎に向けられた。

「数馬に婿に入ったいひゅごろか」

尾上は脇差を抜き打ち、源二郎の面上に放った。が、目的を達することは叶《かな》わなかった。

源二郎の扇子がしたたかに尾上の手をはたき、がらりと脇差が畳に落ちた。さらに足をとった源二郎は尾上をその場に押さえつけると大広間から襖の陰にずるずると引き擦《ず》り出し、待機していた刈谷の部下に手渡した。

源二郎が大広間に戻った時、作左ヱ門の声が再び大広間に響き渡った。

「門閥《もんばつ》のみに利益を優先して不法な密輸を為すことがいかに藩に弊害《へいがい》をもたらし、危険の淵に導くものか、各々方《おのおのがた》もお分かりであろう。中老万頭丹後が殿の帰郷を知って、屋敷を立ちのいたは、悪事が露見したことを察知したからじゃ」

「殿、国家老のそれがしにはなんの話もなし」

田代が頼之を仰ぎ見て、抗議した。

「そなた一人を蚊帳《かや》の外においたわけではない。江戸の事態が人吉に漏れ伝わることを恐れて、だれにも知らせてはおらん。町奉行刈谷には、昨晩、われらに先行した作左ヱ門が密かに会ったまでじゃ」

は、はっと畏《かしこ》まった田代はそれでも、

「実吉どのが話されたこと、すべて真実にございますか」

と藩主自身に質《ただ》した。

「田代、そなたも作左ヱ門らの詮議《せんぎ》に加わり、押収した書類を自身の目で確かめよ」

頼之はそう答えた。作左ヱ門が姿勢を正すと、

「一座の方々に申し上げる、いたずらに騒ぐことはならん。罪を犯した者は詮議の上、きびしく処断されねばならん。じゃが、門葉であろうとなかろうと〝長崎買い物〟に関《かか》わりのない衆まで詮議されることはない」

と明言し、大広間は重い静寂《せいじゃく》に包まれた。

「刈谷、中老一族が屋敷を立ちのいたというのは確かか」

頼之が町奉行刈谷に質した。

「確かにございます。それがしの部下の制止を聞かれず、一族の女子供まで引き連れて外城深水に向かって立ちのかれました。その数、およそ四十人ほど、監視の者を五名ほどつけてございますれば、おいおい連絡もございましょう」

「刈谷どの、深水は門葉派の拠点であったな」

作左ヱ門が刈谷に質した。

「さよう、万頭一族の所縁《ゆかり》の地。常駐する知行取りの藩士と郷士三十数名は、万頭どのと親しき仲」

「となれば、少なくとも四、五十名が万頭に与《くみ》すると見ねばなるまい」

そう呟《つぶや》いた作左ヱ門が頼之を仰ぎ見た。

「殿、一刻も早く軍勢を深水に差し向けられますよう、お願い申し上げまする」

「反対でござる」

と叫んだのは〝眠り達磨〟田代政典だ。

「竹鉄砲事件において大衆議（家老派）、小衆議（門葉派）と対立した怨恨《えんこん》は、いまも残っておりまする。衆を頼んで万頭一族を抹殺《まっさつ》したとなれば、さらに人吉藩に亀裂《きれつ》が生じましょう」

「ご家老、ではどうなさる気か」

作左ヱ門が田代を詰問《きつもん》した。

「まずは説得の使者を送るが先」

「ご家老、手緩《てぬる》い。中老どのは重大なる罪を犯した上に頼之様と人吉藩に反旗を翻《ひるがえ》し、籠城戦《ろうじょうせん》を策しておるは明確なり」

刈谷が反論した。

議論に頼之が割って入った。

「事件の真相は万頭丹後自身の口から語ってもらわねば、将来に禍根《かこん》を残すは確かじゃ。それが人吉藩のためであり、藩士一同の疑念を晴らす途《みち》である」

「殿、大広間での会議はこれ以上、混乱の因《もと》。大目付役所においての重役評議に切り替えていただくのが上策かと存じます」

作左ヱ門が提案した。

一部の家臣たちから反対の声が漏れたが、その一件については田代も賛成に回り、決まった。

相良頼之が退出しても不安と緊張が大広間に漂っていた。その場に残った藩士たちは、宝暦《ほうれき》九年の藩主頼央暗殺事件、俗に言う竹鉄砲事件の後に吹き荒れた切腹、死罪、遠島、逼塞《ひっそく》などの粛清《しゅくせい》の嵐を聞かされて育ったのだ。

「皆の者に改めて申し上げる。特命のある藩士以外、屋敷待機を申しつける。事件が鎮圧されるまでには数日の時を必要としよう。その間、いかなる目的の集まりも禁ずる。またみだりに流言蜚語《りゅうげんひご》を流すことを禁ずる」

幹部十数名、大目付役所に衆議の場が移された。

源二郎は廊下に控えて作左ヱ門の命を待った。

板戸の向こうから緊迫した空気が押し寄せてきたが、内容まではっきりしなかった。源二郎の胸中は、喜びに震えていた。殿のおそば近くに控えて、急展開する事件を動かす役割を担《にな》っているのだ。亡き母が知ったらなんと言うか。そう思うだけで源二郎の胸は熱くなっていた。この数日を乗り越えれば、佐希の待つ江戸在勤が手に届く……やえを何と言って説得したものか。

評議の場から刈谷が中座した。

〝長崎買い物〟に関わった門葉の屋敷を捜査するために町奉行と大目付支配の者たちを動かすためだ。

さらに議論は、深水に説得の使者を送るか、武装した軍勢を送るかで二分された。いたずらに時間を長引かせれば、籠城組にそれだけ防衛準備の時間を与えることになる。

作左ヱ門は折衷《せつちゆう》案を提案した。

「ならば田代様の考え通りに中老どのへ使者を送る。同時に討伐隊を組織して深水近郊まで出兵させる。もし万頭どのが使者の口上を拒絶なされたならば、ただちに討伐部隊を押し出す」

田代がしぶしぶ賛成に回ると、

「問題は使者の口上じゃ」

苛立《いらだ》つ作左ヱ門を細く閉じられた両眼で見た。

「口上を考える前に殿の許しを得て討伐隊の組織を編制するのが先にござろう」

また議論が蒸し返されそうになった。

廊下を荒い呼吸の刈谷が走ってきて、源二郎は板戸を慌てて開いた。

重役たちが一斉に刈谷を見た。

「ご一同に申し上げる。深水外城に立て籠《こも》られた万頭丹後様一族は、警告もなくわが監視の者に向けて鉄砲を射かけられ、二名の者が死亡、負傷が三名……」

「……なんと万頭から攻撃を仕掛けおったか」

それまでの評議をすべて無益にする展開に田代が顔を真っ赤にした。

「田代様、もはや一刻の猶予《ゆうよ》もなりません。早々に討伐隊を組織して出動せねばなりますまい」

もはや中立派の田代は抗弁しなかった。

作左ヱ門は相良頼之に面会を求めて、深水出兵の許しを得た。

三

数馬源二郎が実吉作左ヱ門に呼ばれたのは夜明けをついての一回目の攻撃が失敗した後、籠城二日目の昼下がりのことだ。そこには戦塵《せんじん》で顔を汚した師匠刈谷一学も同席していた。どうやら深水から戻ったばかりのようだ。

「深水での敗北の知らせを聞いたな」

「はい、城じゅうが騒然としておりますれば」

中老の万頭丹後一族は万が一の時に備えて、長崎で買い集めた銃器などで防備を固めていた。

軍奉行《いくさ》蜂谷将監《はちやしょうげん》に指揮されたおよそ百名の藩士たちは、数に頼んで正面と裏口の二手から攻め入った。あまりにも策のない攻撃隊に籠城する門葉の一団は、数を揃えた小銃隊と弓部隊で反撃、さらに斬り込み隊に襲われてわずか四半刻《しはんとき》の攻防に総崩れになった。その報告に接した人吉藩では、藩を挙げての戦闘態勢を組むことになった。

「門葉は〝長崎買い物〟の利益の一部を南蛮《なんばん》の武器の購入にあてていたわ。そのことを知らなかったとは言え、軍奉行もあまりにも無造作に攻め過ぎた」

「被害はどの程度でございますか」

「最初の攻撃だけで六、七名が倒されたようじゃ、死者の数は十一名に及ぶ」

そう答えた作左ヱ門の顔には憤激があった。

「殿も憂慮されておられる」

「籠城の人数は」

「戦闘部隊は、万頭様以下、およそ六十名から七十名、予想されたより多い。外城近くの郷士、百姓が加わっているからな。あとは女子供が三、四十といったところか」

「鉄砲はいかがで」

「五十丁はあろう。じゃが数ではない、藩にもその程度の銃はある。しかし弾《たま》込めの速さ、狙いの精度など性能に段違いのものがある」

刈谷は大きな吐息をついた。

「源二郎、ぬしを呼んだは別のことじゃ。どうやら敵方の斬り込み隊を指揮しておるのは、ぬしに二度にわたって後れをとった五郎丸稔朗のようじゃ。二人の者が斬られて死んだ」

「五郎丸様が」

「刈谷どの、その件についてはな、それがしにも責任がある」

二度目の戦いにおいて源二郎が勝ちを収めた。

その時、止めを刺そうとした源二郎を、作左ヱ門が制止した。

そのことを作左ヱ門は刈谷に告げた。

「そのようなことがございましたか」

「源二郎が止めを刺しておれば、二人の者は死なずに済んだ」

作左ヱ門がしみじみ述懐した。

「源二郎、今度の攻撃は失敗が許されぬ。ぬしは五郎丸だけを狙え」

刈谷が命じた。

攻撃部隊が再編なったのは二日目の夕刻のこと、徒士組、鉄砲隊、弓組、槍《やり》組と二百余名、戦時態勢並の編制である。

源二郎は剣技優秀な者だけを選抜した斬り込み隊に選ばれ、指揮官刈谷一学の下に配属され、その日のうちに城下を出た。


この時節日暮れは早い。

源二郎が到着した深水では、一回目の攻撃に生き残った包囲軍の残兵五十余名が応援軍の到着を安堵の表情で迎えた。

外城深水の周辺にはかがり火が焚《た》かれ、黒々とした砦《とりで》を、石垣を照らしていた。

本営で各部隊を指揮する重臣会議が開かれた。

源二郎は、外城の石垣が望める東側の高台に登ってみた。

見事な撃退戦を演じた籠城軍は、半日前の勝利に浮かれることなく休息をとっている様子だ。砦全体を強い緊張が支配していた。

「ど頭《たま》を下げんか」

闇のなかから鉄砲を手にした影が注意した。

源二郎が座ると、だれか？　と誰何《すいか》してきた。

「斬り込み隊の数馬源二郎にございます」

「おお、源二郎どん。おいは彦八《ひこはち》たい」

源二郎は闇を凝らして見た。そこには同じ下士長屋で育った竹村《たけむら》彦八のひょろりとした顔があった。

「彦八か」

「源二郎どんは殿《とん》さんの供で江戸から戻ったげな、ほんなこつか」

「まあ、そんなところだ」

源二郎は曖昧《あいまい》に返事をすると幼馴染《おさななじ》みのかたわらに寄った。

「戦はどうであった」

「やおいかん」

「相手の銃は最新式じゃそうな」

「それもある。夜でもな、頭を上げたら狙撃《そげき》されよるで」

外城の暗闇には狙撃手が配備されているようだ。

「失敗の原因は他にある。だれもが一番槍をつけんと勝手に走ってしもうた。負け戦の後、上士方はもむるわ、もむるわ」

「敵方の斬り込み隊のなかに五郎丸稔朗様がおらるると聞いたが、見たか」

「見た見た。鉄砲と弓で散々いたぶられた後な、表門が開かれて斬り込み隊が出てきよった。その先頭で五郎丸様が攻めてこられて、あっという間にじゃ、味方を二人ばかり斬り倒された。たまぎるほどの腕前じゃ」

そう言った彦八は、

「そうか、異風者《いひゅもん》の源二郎どんが呼ばれたは五郎丸様を斬るためじゃな」

と源二郎の顔を覗きこんだ。

「ぬしと一緒じゃ、命じられればだれとでも戦う」

包囲陣の本営付近がざわついた。どうやら戦評定が終わった様子だ。

「彦、怪我《けが》をするな」

「源二郎どん、出世したら、おいを取り立ちちくれ」

彦八の声音には真剣な感情が籠っていた。

「分かった、覚えておく」

源二郎が斬り込み隊の宿営に当てられている百姓屋に戻ると、囲炉裏《いろり》端に刈谷一学が座し、稽古《けいこ》用の胴を着込んだ斬り込み隊員が取り巻いていた。道場の先輩もいれば、名前も知らぬ藩士もいた。

「遅うなりもうした」

「砦を見てきたようだな」

刈谷が言った。うなずく源二郎に、

「よく聞け、攻撃は夜明けを待って行われる。外城が落ちるまで戦は続く。われら斬り込み隊は、銃弾を縫って外城に入らねばならん。刀が折れたら、脇差を使え。脇差が斬れなくなったら、味方でも敵でもよか、得物《えもの》を奪って戦え」

刈谷の指図は簡単なものだ。解散が告げられ、斬り込み隊の面々は思い思いの場所に刀を抱いたまま、座ったり、横になったり、時の来るのを待つことになった。

「戦の指揮は蜂谷様がとられるので」

「いや、先ほど家老の田代様が本営に到着されてな、蜂谷様は更迭《こうてつ》された。〝眠り達磨〟ご自身が指揮をとられることになった」

刈谷は源二郎をかたわらに呼び寄せると、

「さすがに老練な〝眠り達磨〟じゃ。里の者を使者に立てて、外城に送り込み、砦から女子供を退城させよと万頭様に交渉しておられる」

「効果はありましょうか」

「頼之様の御直筆じゃ、なんらかの答えはあろう。もし女子供が出ん時には仕方なか」

刈谷は汚れた顔をひと撫《な》でると、少し体を休めておこうかと囲炉裏端にごろりと横になった。

源二郎は囲炉裏に粗朶《そだ》をくべた。

火が燃え上がった。

（五郎丸稔朗は、どのような夜を過ごしておるのであろうか）

二度、勝ちは得た。だが、乱戦のなか、手負いの猪《いのしし》のような五郎丸はこれまでとは違う戦いをしてくるはずだ。なんとしても生き残って江戸の土を再び踏みたいものだ。

源二郎の脳裏に佐希の面影《おもかげ》が浮かんだ。

別れる源二郎の手を取って、

「待っているわ」

と何度も言った。女の言葉を信じたわけではない。だが、源二郎はその言葉に縋《すが》っていた。いまや佐希が江戸そのものだった。

女の顔が白い体がまぶしく源二郎の脳裏から離れない。

源二郎は火の番をして時を過ごした。

突然、ほら貝が響いた。まだ夜明けには幾分《いくぶん》時があった。

源二郎は刀を手に外へ飛び出した。外城の表門の見える場所に駆けつけると、通用口が開かれ、そこから女子供が姿を見せた。

「夜襲か」

押っ取り刀で駆け付けた刈谷が源二郎に聞いた。

「どうやら万頭様は討ち死にを覚悟なされた様子」

刈谷も表門の女子供の姿を認めた。

「源二郎、斬り込み隊を集めろ」

源二郎は百姓屋に戻ると戦支度《いくさじたく》をする仲間に師匠の命を伝えた。

戦場どころか初めて真剣勝負に挑む者たちばかりだ。顔を引きつらせて緊張していた。

「金玉ばぐうっと摑《つか》んでみらんか」

刈谷道場の若い稽古仲間が股立《ももだ》ちの間から股間《こかん》に手を差し入れた。

「師範代はえすなかですか（怖くはないか）」

「だれもがえじい（恐ろしい）に決まっとる」

「安心しやした」

「行くぞ」

斬り込み隊は修羅場《しゅらば》の経験を持つ源二郎の周りに固まって、刈谷の下に走った。

わずかに白みかけた夜空に火矢が飛んだ。

包囲軍から外城の館に打ちこまれる火矢が空を赤い筋を引いて何条も何条も飛んでいく。それが戦いの始まりだった。

火の手が数箇所から上がった。だが、籠城軍は手早く消し止めた。

緒戦の勝利が籠城側に余裕を持たせていた。

夜明けが来た。

石垣に万頭軍の兵の一人が立ち上がって尻を捲《まく》り、叩いて見せた。

「遠矢ばかりでこしいがな（ずるい）」

「異風者《いひゅごろ》が」

包囲軍の鉄砲隊が尻出しの兵に向かって放った。

それが銃撃戦の始まりだった。

万頭軍は、正確に狙いを定めて包囲軍の突出した部分を叩いて、総攻撃に移らせなかった。

「源二郎、来い」

刈谷の命で本陣に走った。そこでは家老の田代を中心に各部隊の指揮官の間で激しい論議が始まっていた。

「遠《と》うからおめく（叫ぶ）だけじゃ戦に成り申さん」

「ご家老、早《は》よう総攻撃の命を下され」

指揮官たちが田代を責めた。が、〝眠り達磨〟は悠然として、

「もだゆる（急ぐ）ことはならん。火矢をこれまで以上に射かけよ。せからしかほど火消しをさせよ」

火矢作戦の続行を命じた。

再び朝ぼらけの空に火が飛ぶ。

源二郎ら斬り込み隊も弓を手に虚空に火矢を放った。

田代の心理作戦を兼ねた火矢作戦が効をあげ、館の屋根の数箇所から火が上がった。

もはや消火は難しい。

「鉄砲隊、前進」

青竹を束ねた防御壁を転がしながら、包囲陣の鉄砲隊が表と裏から外城に接近していく。さらに槍部隊、徒士《かち》組が続いた。

外城からの銃撃が激しくなった。

包囲側の火矢が表門に突き刺さり、油の染みた布が板戸を燃え上がらせた。

「斬り込み隊、用意！」

稽古用の胴に白鉢巻きを締めた斬り込み隊が刈谷の下に集まった。隊員の二人が木《き》槌《づち》と斧《おの》を持っていた。

源二郎は刀の下げ緒でたすき掛けにしただけで胴も鉢巻きも付けなかった。

五郎丸稔朗との対決で動きの悪い胴などつけたくなかった。

「表門まで一気に走るぞ」

刈谷と源二郎が先頭に立つと、一丁（約百十メートル）先の表門を目指して走り出した。

銃弾が耳を掠《かす》めていく。

悲鳴を上げて斬り込み隊の隊員が倒れた。

源二郎は銃弾を受けた隊員を引きずり、青竹の防御壁の背後に転がりこんだ。そこには刈谷らがすでにいて、包囲陣の鉄砲隊が応戦していた。

「だれか止血をせよ」

隊員に命じると源二郎は倒された鉄砲隊の者の銃を手にした。

弾丸はこめられたままだ。火縄を確かめ、目当（照星）と筋割（照門）を合わせ、表門のかたわらの石垣から鉄砲を撃ちかける男に照準を合わせた。引き絞るように引《ひき》鉄《がね》を引いた。偶然にも上体を伸び上がらせた男の胸板を貫いた。

「源二郎、猪撃ちが役に立ったな」

刈谷が褒《ほ》めた。

だが、そのせいで源二郎らが身を伏せる青竹の防御壁に銃弾が集中して、びしびしと青竹を砕いていく。早晩、防御の青竹が粉砕されるのは目に見えていた。

「師匠」

源二郎は師匠の命《めい》を待った。

「進むも退《ひ》くも無理だな」

包囲軍はあちらこちらで停滞を余儀なくされている。

裏門から喊声《かんせい》が上がった。

その直後、包囲陣に退却の合図のほら貝が吹き鳴らされた。

「負傷の者はどうじゃ」

刈谷が止血をした隊員に聞いた。

「太股《ふともも》を射ぬかれておりますれば、走ることは叶わず」

「師匠、それがしが担《かつ》いで参ります」

源二郎は肩にぐったりした隊員を背負うと弾雨の中、走り出した。走りながら後方を振り向くと館が燃え上がり、煙が空に立ち上っていた。

安全な場所まで退却すると、負傷者を仲間に預けて医者を見付けろと指示した。

刈谷を探すと、腰を下ろして袴《はかま》の裾《すそ》を引き上げていた。

「流れ弾が足をかすめおった」

弾傷を調べると、左足の肉をかなり刮《こそ》ぎとられている。隊員の鉢巻きを外させると血止めをした。

「歩けますか」

「なんのこれしき。源二郎、本営に行くぞ」

刈谷は足を引き摺《ず》りながらも、家老田代の陣取る本営に行った。

「刈谷も負傷か」

田代が舌打ちした。

「かすり傷にございます。それより状況は」

「きびしいな、裏門では白兵戦になって、たがいに負傷者が出た」

各部署から報告が上がってきた。

味方の死者は三名に止まったが、負傷が二十数名におよんでいる。

「敵方はどうじゃ」

田代が物見のひとりに聞いた。

「館がいまだ炎上中、人員の損害は分かりませぬ。が、かなりの被害が出ているものと思えます」

「推測では話にならん」

「ともあれ敵方はいまだ意気盛ん」

すでに昼の刻限になっていた。今日、外城を落とすことができないとなると籠城四日目に突入する。

薩摩藩や熊本藩に内戦の情報が流れ、内紛は幕府の知るところになる。なんとしても早期に解決したい。

「なにか手はないか」

さすがの田代も焦《あせ》り気味だ。

「師匠」

源二郎が刈谷に囁《ささや》いた。

「なにか策があるか。あるならば申してみよ」

師弟の会話に田代や重役たちが目を向けた。

「どなたか深水の屋敷に詳《くわ》しいお方がおられましょうか」

「おお」

と返事をしたのは槍奉行の大島醍五郎《おおしまだいごろう》だ。

「おれは何年も外城巡視をしていたでな」

「敵方は豊富に銃弾や火薬類を保管されている様子、煙硝蔵にこちらの火力を集めてみてはいかがですか」

「散発的な攻撃をやめて一点に集中させるか。蔵が爆発すれば敵方は大混乱に陥るな」

鉄砲奉行が答え、大島が応じた。

「おもしろか、煙硝蔵は砦の北側じゃ。背後の山から一貫目筒を浴びせかけられんこともなか」

「ついでに火矢も撃ちかくるか」

総大将の田代が源二郎をじろりと睨《にら》み、

「異風者《いひゅもん》、剣術しか能がなかかと思うたが、なかなかの知恵者じゃな」

とつぶやくと沈思した。

「総大将」

刈谷が決断を田代に迫った。

「よかろう。こやつの案を実行に移せ」

鉄砲隊と弓隊が呼び集められ、火種を手に北側の山に登っていった。

半刻《はんとき》後、煙硝蔵への砲撃が開始され、敵方の必死の消火活動と攻撃のせめぎ合いが一刻《いっとき》（二時間）近くも続いた。

「もう少しじゃ」

「火矢を放て」

攻撃陣の見守る中、ついに日没を前にして硝煙蔵は火を噴き上げた。

「やったぞ！」

包囲陣から歓声が上がり、大爆発が天にとどろいた。

外城深水は真っ赤に染まった。そして燃え上がる炎と煙のなか、空から春の雪がちらちらと舞い降り始めた。

包囲軍は最後の総攻撃に移った。

負傷した刈谷に代わり、斬り込み隊の指揮官を源二郎が任された。

源二郎は一気に表門に走った。他の隊員も続いた。

大戸は半《なか》ば落ちようとしていた。半壊した表門に木槌と斧が穴を空けて破壊した。

「よし、いくぞ」

源二郎は真っ先に飛びこんだ。

数人の決死隊が刀を翳《かざ》して待ち受けていた。

源二郎は決死隊に向かって聞いた。

「五郎丸稔朗様はどちらにおられる」

疲労と不安に怯《おび》えた顔は沈黙したままだ。

「外城は早晩落ちる。もはやこれ以上の抵抗は無駄にござる」

「せからしか、下士の分際で」

源二郎を見知った者か、刀を肩に担ぐと突進してきた。

「参る」

相手の振り下ろす刀を掻《か》い潜《くぐ》ると源二郎は脇構えから斜《なな》めに振り上げた。脇腹から胸部へ打撃が走り、つんのめるように倒れ込んだ。

「もはや戦いは無益じゃ」

「下士に指図はうけん」

謀反軍の残党の最後の抵抗が始まった。

源二郎は戦いの場を離れて、宿敵の姿を求めて館のなかを走り回り、呼ばわった。

「五郎丸どの、数馬源二郎にござる！」

が、どこにもその姿はなかった。

四半刻《しはんとき》後、籠城軍の抵抗は完全に熄《や》んだ。

攻め手の総大将田代政典が外城に入り、幹部たちの行方《ゆくえ》が探された。

門葉派の大将万頭丹後ら幹部四名が燃え残った離れ屋で自刃《じじん》しているのが見付かった。深水は陥落した。

源二郎は広場に集められた敵方の死者のなかに五郎丸を探したが見つからなかった。

（どこに消えたか）

本営に戻ると刈谷が、

「裏門から落ち延びた者たちが数名いるそうな。おそらく五郎丸もその一人であろう」

と宿敵の逃亡を告げた。

四

天保八年春の門葉の反乱は、後々〝長崎買い物〟事件と呼ばれることになる。

深水籠城で生き残った門葉の幹部や〝長崎買い物〟に関与してきた五郎丸光右衛門ら五名が改めて切腹、家名断絶の厳罰を受け、その他の八名にも遠島などの沙汰が下った。だが、門葉幹部に唆《そそのか》されて従って籠城した一族の者たちには、閉門など、ゆるやかな処罰で済まされた。

人吉藩の内乱は、終息した。が、怨念《おんねん》は沈潜しただけだ。恨みを抱いた門葉一統は、外城などでひっそりと時を過ごし、時節を待つことになる。

人吉に戻って七日目の深夜、数馬源二郎は養家の潜り戸を開けた。

祝言《しゅうげん》の夜、床入り《とこい》前に呼び出されてから四月ぶりのわが家であった。

藩重役たちの前で藩主頼之は、源二郎の江戸在勤と加増六十石の報賞を言い渡した。数馬の八十石と合わせて百四十石の知行取りだ。もはや数馬家の金目あての養子とはやえにも言わせせぬ。そんな思いを抱いての帰宅だった。

敷地のなかは骨までを凍りつかせるような寒気が支配していた。そして源二郎の鼻孔に血の匂いが漂ってきた。

(深水での臭《にお》いがまだとれんとみえる)

源二郎の体は血と汗と埃《ほこり》に塗《まみ》れている。その臭いが鼻孔を刺激したと源二郎は考えた。足を止めた。

玄関の式台に衝立《ついたて》と襖が倒れかかっているのが月明かりに見えた。

なにがあったか?

「舅《しゅうと》どの、赤七どの」

刀の柄に手をかけた源二郎は舅の名を呼んだ。

玄関先に立って屋敷の内部を窺《うかが》った。屋内まで夜風が吹き抜けている。

数馬の家は金貸しを副業としていた。戸締まりは殊の外《ほか》厳重であった。

土足のまま上がりかけた源二郎は、庭に戻った。勝手口に回って忍び入ると、手探りで行灯を探しあて、火を点《つ》けた。ぼうっと明かりが点《とも》った。

源二郎は油断なくあたりを見回した。

すると壊れた家具や道具が散乱した台所の板の間に、血の気をなくした小女《こおんな》がへたりこんでいた。まだ名も知らぬ小女だ。

「どうした、どうしたことじゃ」

声をかけても眼は虚《うつ》ろで返事もない。瓶の水を柄杓《ひしやく》ですくい、強引に飲ませた。

「なにがあった」

大声を張り上げたが答えはない。顔に深い恐怖が漂い、身を竦《すく》めて怯えていた。

「おれは当家の婿じゃ、源二郎じゃ」

何度も肩を揺すると、小女はどうやら源二郎を認めたらしく一度二度うなずいた。そして火がついたように泣き出した。

小女をその場に残して奥へと進んだ。

異変を奥へ知らせようとして討たれたか、老人のめし炊《た》きと若党《わかとう》が廊下に重なるように倒れていた。

明かりを近付けて調べると二人とも数箇所の傷を負い、死んでいた。体が硬直しているところを見ると惨劇は、かなり前のことと思われた。

源二郎は中断された床入りの部屋に踏み込んだ。

（やえ……）

暴風が吹き荒れたような八畳間に寝間着のやえが太股《ふともも》もあらわに血塗《ちまみ》れになって倒れていた。

両眼を見開いた形相は、この世に未練を残してもの凄《すご》い。両手は虚空を摑《つか》んで強張《こわば》っている。やえの瞼《まぶた》を閉じようとしたが、硬直してうごかない。

初めて触る妻の体はそこ知れなく冷たかった。

死因を探ると刺し傷が二箇所、胸と顎《あご》下にあった。

襲撃は、深夜から夜明けにかけて行われたのではないか。すでに半日以上が経過していた。

奥座敷の布団の上に姑《しゅうとめ》が、床の間の前に舅の赤七が殺されて倒れていた。

明らかに皆殺しを狙った犯行だ。

屋内は荒らされてはいたが、ただの物取りとも思えない。

藩主に協力して、門葉の〝長崎買い物〟を暴く手伝いをした赤七がその残党に襲われた、と見るべきではないか。

台所に戻ると、まだ小女はしゃくり上げていた。

「名はなんという」

「……ひで」

「ひでか。おまえはどうして助かった」

何度も聞き直してようやく事情が知れた。

ひでは賊が侵入した時、厠《かわや》に入っていた。

殺戮《さつりく》が始まった時、ひでは恐怖のなかにも機転を利《き》かせた。風呂場《ふろば》に駆け込むと水を張ってない風呂桶《おけ》に身を潜《ひそ》めて息を殺していたという。

襲撃者はひとりの小女を見逃したことになる。

「何者の仕業《しわざ》か分かるか」

「藩士の方々が……」

「見知った顔はあったか」

首を振った小女は、

「五郎丸様……」

とつぶやいた。

「五郎丸様がいたのか」

聞き直すと襲撃者の一人で首領格の人物がそう呼ばれていたという。

五郎丸光右衛門は、今度の騒ぎで切腹を申しつけられている。となると息子の稔朗の仕業か。

人吉藩を代表する剣士が夜盗まがいに殺人を犯した。それも無抵抗の者たちを五名も殺した。

源二郎の胸に怒りが澱《よど》んで渦巻いた。

（深水の外城を脱出した五郎丸稔朗はその足で数馬を襲ったことになるのか）

「ひで、われと同道せよ」

源二郎は、ひでを連れると、町奉行刈谷一学の屋敷に向かった。が、刈谷はまだ城中だという。事件の後始末に幹部たちは追われているのだろう。ひでを妻女のかなに預けると、城に走った。

刈谷は、実吉作左ヱ門の部屋にいた。

二人の前に焼酎《しょうちゅう》が出ているところを見ると、一段落ついたのだろう。

「源二郎、嫁女の味はどうであった」

刈谷が軽口を叩いた。

「実吉様、師匠、数馬の家族が襲われて、一家が惨殺されてございます」

「な、なんと申した！」

刈谷が真っ赤な顔を源二郎に向けた。

「赤七どのが殺された」

作左ヱ門が遠くを見る風情で呟く。

「だれが、だれがいったい」

「生き残った小女は、五郎丸様と呼びかけた仲間の声を聞いております」

「五郎丸とは、稔朗のことか」

「それはなんとも」

「調べる」

町奉行の顔に戻った刈谷一学は、その場から慌《あわ》ただしく立ち去った。

「なんとしたことが起こったか」

作左ヱ門の顔には複雑な感情が入り交じっているように源二郎には思えた。


刈谷が作左ヱ門と源二郎の待つ城中に戻ってきたのは夜明け前だ。

「作左ヱ門様、およそのところが判明しました。数馬家を襲ったのはやはり五郎丸稔朗にございます。手伝いに藤木《ふじき》助三郎《すけさぶろう》、片桐佑朔《かたぎりゆうさく》、日出《ひので》松太郎《まったろう》の三名が同行致していたものと推測されます。四名ともに深水に立て籠もっていた門葉、藤木と日出は、中条一刀流の目録を得た芸達者……」

藤木も日出も人吉ではそれと知られた腕前の剣士たちだ。

「五郎丸稔朗は落城を前に深水を抜け、人吉に舞い戻ったというわけじゃな」

作左ヱ門が町奉行の刈谷に問うた。

「ええ、深水落城を悟《さと》った五郎丸らは、もはや人吉では生きていけんとばかりに数馬赤七を襲い、侍にもあるまじき盗人行為までおかして逐電《ちくでん》した様子……」

「盗人行為？」

「金貸し赤七の蓄財しておりました金をかっさらっております。推測にすぎませんが、その額およそ八百両」

「呆《あき》れ果てた所業」

（八百両……）

盗まれたという金子《きんす》の額に呆然《ぼうぜん》とする源二郎を師匠の刈谷が睨んだ。

「どうするな、源二郎」

「どうするとは」

師匠を見た。

「源二郎、『礼記《らいき》』にも、親の讐《かたき》は共に天を戴《いただ》かず、とある。養父養母とはいえ父は父、母は母。その上、妻女まで殺されては武士の一分が立つまい。即刻殿に仇討《あだうち》お暇《いとま》を願うて禄《ろく》を離れよ」

源二郎は考えもしなかった。

なにしろ女房とはいえ床入りも済ませてない間柄だ。一片の情もない。また禄を離れよと言われても、加増の沙汰《さた》が二刻《ふたとき》前に下ったばかり、その実感もない。

「ぬしが剣を磨《みが》いたは武士の一分を立てるためじゃ。このままおめおめと城下におったのでは、そなたの体面は地に落ちたも同然。この度の騒ぎに功績があったとしても許されん、いや、大功あっただけに人吉藩士の矜持《きょうじ》を見せねばすまんぞ」

「そう、そうであったな」

作左ヱ門も賛意を示した。

「源二郎、そなたがそこに気付かん気持ちも分からんではない。肌身も触れずじまいの女房どのの敵討《かたきう》ちじゃからな。これにはわしにも刈谷にも大いに責任がある」

刈谷がかるく頭を下げ、うなずいた。

「五郎丸稔朗を見事仕留めて参れ」

敵討ち……考えもしない事態だ。

源二郎の眼前には、加増と江戸在勤、夢が広がっていた。それが、がたがたと音を立てて崩れ落ちていこうとしている。

（なぜ仇討ちなどに出向かねばならんのだ）

源二郎は呆然とするばかりだ。

「なにか心配か」

「いえ」

作左ヱ門が源二郎の顔を読んで聞いた。

「金か、源二郎、路用《ろよう》の金じゃな」

刈谷が先走りして言った。

「そうじゃな、仇討ちは何年がかりにもなると聞いておる。そなたが心配するのはもっともなこと」

作左ヱ門までが応じ、刈谷が舌打ちした。

「源二郎の実家は五人扶持《ぶち》、養家の大金は五郎丸がかっさらっていった。となれば、そなたが心配するは当然のこと」

「源二郎、当座の費用として藩金を下げ渡す」

作左ヱ門が応じた。

源二郎、と師匠が呼んだ。

「五郎丸を早く見付けて討ち果たせ。さすれば赤七の手文庫から奪い去った八百両の残金はそなたのものじゃ」

「五郎丸の奪った金はそれがしのものですか」

「おぬしは数馬に婿《むこ》に入った。その家族全員が亡くなったとあれば、当然赤七の財産はそなたのもの」

「五郎丸稔朗はそれがしの金を盗んだのですか」

「そうとも言える」

養家の一家を惨殺した上に八百両の金を奪って行った。源二郎の胸の奥に五郎丸稔朗を恨む気持ちがめらめらと湧《わ》いた。


源二郎が喪主となって数馬家三名の通夜と葬儀が行われた。

深水の戦の後だ。人吉には密《ひそ》やかな弔《とむら》いがいくつもあった。そんな最中のこと、菩《ぼ》提寺《だいじ》でひっそりと営まれた。

弔いを終えた日の夜、源二郎は刈谷一学の立ち会いで、赤七の手文庫に残されてあった借用証書を焼き捨てた。上士の主だった人々が赤七から借金していた。その額およそ六百三十両……。

「思い切ったな、源二郎」

紙は金子ではない。それが源二郎の考えだった。

葬儀の翌日、数馬源二郎は実吉作左ヱ門と刈谷一学に同道されて藩主頼之の前に罷《まか》り出て、暇を願った。

頼之は、仇討の子細を書いた書き付けを下げ渡し、

「五郎丸らの所業、武士にあるまじき行為、許せん。源二郎、必ず討ち果たせ。そなたが本懐を遂げた暁《あかつき》には帰参の上、加増した数馬の家を継がせる」

と改めて約束し、激励《げきれい》した。

町奉行の役宅に源二郎を伴った刈谷一学は、

「源二郎、大金を手にした逃亡者が行く場所といえば、遊里と決まっておる。まず八代に参ったら遊里を訪ねよ。里を仕切るばあさんを探し出してな、一朱も握らせるのだ」

と教え諭《さと》した。そして
「これは路用金じゃ、大事に使え」

と作左ヱ門が藩庫から出した十両を下げ渡してくれた。さらに刈谷は町奉行所が摑《つか》んでいる門葉派の親類縁者の名と住まいを記した書き付けを示し、

「門葉の結束は強い。最後に五郎丸が頼るのは門葉しかない。失《な》くすでないぞ」

と渡してくれた。

翌早朝、数馬源二郎は、刈谷らや彦根家の家族に見送られて舟に乗った。急流に出た舟は、一気に球磨川を下る。それが故郷に別れを告げる長旅になろうとは……源二郎は夢想もしなかった。

第四章　仇討放浪

一

さすがに町奉行の言葉はあたっていた。源二郎は八代の遊里で五郎丸稔朗たちの尻《しっ》尾《ぽ》をとらえた。遊里の夕暮れ、まだ客の姿はない。

「どうしてその客が五郎丸稔朗と分かるのじゃ」

猫を抱いた遣手《やりて》ばあさんに聞いた。

「そりゃああた、あんし方はここの常連じゃが。新しか遊女《おんな》が入ったと知らすれば、球磨川を飛んで下って来られたがな」

「五郎丸一行は二晩も遊ばれたのじゃな」

「遊女たちを総揚げにしてな、二晩も馬鹿騒ぎされたわ。抱え主は遊里始まって以来の大尽《だいじん》遊びというてな喜んでおられる。使われた金は五十三両二分じゃったかな」

(五郎丸は二晩の遊興に五十三両もの金を使った、それもおれの金をだ)

言い様もない怒りに見舞われた。二日ほど五郎丸らが先行して、八代を去っていた。

源二郎は草鞋《わらじ》の紐《ひも》を結び直すと夜道を熊本に向かった。

五つ半（午前九時）、熊本城下河原町にある遊里はまだ眠りのなかにあった。

数馬源二郎は、歓楽の町のただ中に立っていた。

人影もない通りを冷たい風が吹き抜けていく。

八代から夜を徹して歩いてきた。五郎丸らとの二日の差を縮めるためだ。彼らが八代と同じように遊里に立ち寄り、二日も居続けをしているとしたら、まだこの廓《くるわ》の一軒に投宿しているかもしれない。

（さて、どうしたものか）

格子戸が開く音がした。

源二郎は振り返った。

すると赤い衣装が春の陽《ひ》に翻《ひるがえ》った。

女が緋《ひ》の長襦袢《ながじゅばん》の上に綿入れの半纏《はんてん》を腕を通さずに羽織って肩をすくめ、季節外れの雪でも降りそうな鈍色《にびいろ》の空を確かめるように眺めあげている。が、源二郎に気付くと、

「あらっ」

と小さな声を上げた。

白い丸顔がまぶしそうに源二郎を見て、聞いた。

「お客さん、どうしたの」

言葉遣いといい、着こなしといい、土地の女ではなさそうだ。

「人を探しておる」

「私で分かるかしら」

女が手で招いた。

袖《そで》からこぼれた二の腕の白さが源二郎の背筋にぞくりとした官能を覚えさせた。

どこか佐希に面影《おもかげ》が似てなくもない。

源二郎は女の手に誘われるように歩み寄った。

「探し人って女？」

遊女が笑った。すると糸切り歯が白くこぼれて、化粧の匂《にお》いが鼻についた。

「そんな話ではない。敵《かたき》を探しておる」

「敵って、お侍は仇討《あだう》ちの旅なの」

女が源二郎の頭から爪先《つまさき》までしげしげと眺め回した。

「まだ出立《しゅったつ》したばかりだ」

「入りなさいよ」

源二郎はまだ遊里に上がったことはない。

刈谷道場の仲間たちに誘われたこともあったが、源二郎には遊ぶ金がなかった。

江戸でも遊里より剣道の道場を探し歩くのに忙しかった。

「どうしたの。傍輩《ほうばい》方に尋《たず》ねてあげようというのよ」

「すまん」

源二郎は狭く開かれた戸の間から薄暗い屋内に入った。

澱《よど》んだ空気が夜を徹して歩いてきた源二郎にまとわりついた。

「こっちよ」

女の手に引かれて板の間から階段を上がった。半間の廊下をはさんで部屋が並んでいる。寝息が聞こえる廊下を進むと女はいちばん奥の障子を開けた。

六畳の部屋に燃えるような赤い柄の布団が敷いてある。

火鉢に鉄瓶がかけられ、音を立てて湯が沸《わ》いていた。女は、

「お座りなさいな」

と言うと自分も横座りして急須《きゅうす》に茶っ葉を入れ、鉄瓶の湯を移した。

源二郎は入り口ちかくに座った。

「体、冷えてんでしょ」

女は源二郎の徹夜の旅を悟《さと》ったように茶碗《ちゃわん》を差し出した。

受けとった源二郎の凍《こご》えた手に、女のぬくもりが伝わってきた。

「お侍さん、どこの人」

「……人吉」

「人吉？　球磨川の上流の国ね。名は」

「数馬源二郎」

「私、初花《はつはな》」

「初花……」

「この里での名よ。江戸からさ、男を慕《した》ってついてきたんだけど、天草《あまくさ》ってとこで捨てられたの」

女はあっけらかんと言った。

「で、だれを探しているの」

源二郎は女の親切にほだされたように仇討ちの相手の身分と人相を喋《しゃべ》った。

「四人組が見世《みせ》に上がっていればすぐわかるわ。見世が目を覚ますのはもう少し後、お待ちなさいな」

初花はさらに聞いた。

「敵《かたき》ってだれの仇なの」

「舅《しゅうと》、姑《しゅうとめ》、女房じゃ」

「お侍は女房持ちだったの」

初花はあてが違ったかという顔をした。

「手を触ったこともない女房どのでな」

「どういうことよ」

人吉藩がからむ事情はさておいて、源二郎は祝言《しゅうげん》の席から上司の命《めい》で江戸へ向かった旅のことどもを喋っていた。女は何度も呆《あき》れた表情を見せると、

「……なんて乱暴な話なの」

と言い、一寸《ちょつと》待っていてと部屋を出ていった。戻ってきた時には、冷えた麦めしと温められた大根の千切りの味噌《みそ》汁、高菜漬が載った膳《ぜん》を運んできた。

「お腹が空《す》いているでしょ、お食べな」

「馳走《ちそう》になってよいのか」

源二郎が箸《はし》をとったのを見て、初花はまた姿を消した。

めしをかっこんで腹がくちくなった源二郎は、急須に残っていた茶を茶碗に注いで飲んだ。ようやく遊女の部屋を見回す余裕が生まれた。すべて女の持ち物が悩ましく、

源二郎の体を疼《うず》かせる。

ふいに睡魔が襲ってきた。眠るまいと抵抗した。だが、徹夜の疲れは抗しがたく、いつの間にか鼾《いびき》をかいて眠りこんでいた。

「お侍、お侍さん」

源二郎は肩を揺《ゆす》られて、薄目を開けると間近に女の白い顔があった。

「おっ、すまんこつであった」

紅をひいた唇から歯がこぼれて笑った。

「慌《あわ》てないで。お侍の探している四人組ね、うちじゃないけど、向こう隣りの見世に遊びに来てたわよ」

「どこにおる」

「昨晩は泊まらずに戻ったって」

「ならばおれも発《た》たねばならん」

「今晩、また帰ってくるわ。待っていた方が利口なのに発つの」

初花がからかうように言った。

熊本に五郎丸稔朗の叔父《おじ》がいた。光右衛門の弟が熊本藩納戸《なんど》方百石の家に養子に出ていた。そこに泊まって遊び暮らしておるのかもしれない。そんな考えが源二郎の頭に走った。

（どうしたものか）

初花が源二郎の迷いを見透かすように唇をいきなり源二郎のそれに押しつけた。

「うっ……」

抵抗しようとした源二郎の鼻孔は、あの甘酸っぱい匂いに満ちた。

佐希がしなやかな体なら、初花のそれは熟《う》れきった肉体だった。

濃厚な匂いと熟れた感触に絡めとられた。

初花の舌が源二郎の口に入ってくると、くねくねと動いた。手が道中袴《ばかま》のなかへと突っ込まれ、すでにそそり立っていたものを摑《つか》んだ。

「そぎゃんこつすな」

顔を押しのけたものの声は小さかった。

「どうせ待つのよ。床入《とこい》りしながら、待ちましょうよ」

道中袴の紐が解かれるのを源二郎は手をこまねいて見ていた。

いきり立つ下腹部が女の視線に晒《さら》された。

恥ずかしさと心地よさが身を包んだ。

ふいに源二郎の脳裏にやえの死に顔が浮かんだ。それは虚空《こくう》に両手を差し伸べ、眼に恐怖を漂わせたやえの断末魔の形相だった。

源二郎は眼をつぶると顔を振って振り払おうとした。

「あまり経験ないわね、こやらしか（愛らしい）」

女が肥後の方言で甘く囁《ささや》いた。

幻影が遠のいた。

源二郎が眼を開けると、女が緋の長襦袢の帯をといて広げて見せた。

二つの乳房の谷間に揚羽蝶《あげはちょう》が飛んでいる。

源二郎の目は鮮《あざ》やかな入れ墨に釘《くぎ》付けになった。

「触ってごらんな」

ごくりと唾《つば》を飲みこんだ源二郎が乳房に触れた。ゆたかな胸はこれまで源二郎が経験したこともない誘惑に満ちていた。

体じゅうに痺《しび》れが走った。

「うつくしか」

いつの間に源二郎も裸にされていた。

「ほら」

初花が源二郎の体にまたがると下腹部の繁《しげ》みをちらちらさせた。そこにも二羽の蝶が絡み合って飛んでいる。

「ここはどう」

初めて見る秘所だ。

「わからん」

「わからせてあげる」

またやえの顔が恨《うら》めしげに浮かんだ。

源二郎のものが萎《な》えようとした。すると初花が体を滑らせ、源二郎のものを口に含んだ。体の芯《しん》まで快感が突き抜ける。蘇《よみがえ》ったものに手を添えた初花はゆっくりと秘部のなかへ導いていった。温かいものが源二郎の全身をすっぽりと包んで、頭が白く燃えた。

源二郎はやえの顔を振り払うと、初花の豊満な体に没入していった。

「よか、気持ちよかぞ」

源二郎の鍛えられた肉体に二十四年もひっそりと潜《ひそ》んでいた、なにかが目を覚ました。初花の体を抱きしめると腰を激しく振った。

「ゆっくり、ゆっくりでいいの」

女の手が源二郎の腰を制し、ゆったりした官能の世界へ誘《いざな》った。

「よか、ぬしの体はよか……」

源二郎がうわ言のように呟《つぶや》きながらはてた時、初花が耳元に囁いた。

「どう、分かった？」

(恨みまするぞ、源二郎どの……)

源二郎の耳にやえの言葉が響いた。


その夜、五郎丸稔朗は熊本の河原町の遊里には姿を見せなかった。

「昨日の今日だもの、仕方ないわよ」

初花は平然と言った。

もはや熊本を去ったのではないか、と源二郎が不安を訴えると、

「五郎丸の相方は桜木《さくらぎ》さんよ、河原町一の遊女を一晩や二晩で諦《あきら》められると思う」

初花はそういうと源二郎の体に手を伸ばした。

(そうじゃ、女子の肌身に触れたものが、そう簡単に諦めるわけもない)

二日目も三日目も五郎丸稔朗らは、河原町に姿を見せなかった。

「こうしちゃおれん」

という源二郎の訴えを言葉巧みに躱《かわ》した初花は、その度に悦楽の淵《ふち》へと引き摺《ず》りこ

んだ。

頭の片隅に宿ったやえの幻影に脅《おびや》かされながらも、源二郎は初花の肉体に溺《おぼ》れていった。

四日目の夜が何事もなく更《ふ》けようとした時、やえの悲しげな顔が源二郎に良心の呵《か》責《しゃく》を掻《か》き立てた。

「初花、おれはこんなことしておれん」

「敵を待たないでいいの」

「熊本におるかどうか、五郎丸の叔父ごの屋敷を見ちくる」

部屋の隅に畳んであった着物と道中袴を身につけた。

初花はだらしなく寝床に寝そべりながら、煙管《キセル》をふかしている。

大小も仇討願いの書き付けを入れた道中嚢《のう》もあった。

「財布がなか」

源二郎は狼狽《ろうばい》の声を上げた。

初花が布団の下から縞《しま》柄の財布を出すと足元に投げた。

財布を摑んだ源二郎の顔から血の気が引いた。紐を慌てて解いた。中身は小判が二枚とわずかな銭しか入ってない。

「遊び代、もらっといたわ」

「なにっ、親切じゃなかとか」

「そんな馬鹿な、ここをどこだと思ってんの、遊里だよ。遊女と客は金で結ばれてんだよ。四晩も居続けてあたいの体を自由にした上、飲み食いまでしたんだ。八両なら御《おん》の字《じ》だよ」

「おのれ、むぞらしか面《つら》して騙《だま》したな」

源二郎は、初花を寝床から引き摺り出した。すると初花がわめきだした。

「遊女は廓の品物だ、傷つければ高い銭をとられるよ。やれるならやってごらんよ」

廊下をばたばたと走る足音がして、遊女屋の下男と遣手ばあさんが部屋に顔を出した。

「まあまあまあ、客人、もむることなかたい」

「初花さんも大声出して、なんですねえ」

源二郎は二人に体《てい》よく部屋から追い出され、一階へと下ろされた。

源二郎が初花の不人情を訴えると、遣手ばあさんがぬけぬけと言い放った。

「お客さん、この里では騙し騙されも遊びのうち……」

二

源二郎は遣手ばあさんに丸めこまれて、遊女屋の外に追い出された。

通りに名残《なご》り雪《ゆき》が舞っていた。

首を竦《すく》めた火の番の親父が拍子木を打つのを忘れて見ていた。

「馬鹿が、こん馬鹿が……」

源二郎は自分の頭を遊里の冠木門《かぶきもん》の柱にがんがんとぶつけた。仇討ちに出掛けたばかりというのに遊女に引っ掛かり、八両の金を失《な》くしてしまった。

実吉作左ヱ門様にも刈谷一学様にも顔向けできない。

「お侍、遊女を恨むじゃないよ。女も客の懐《ふところ》を緩めさせるのにあの手この手を使う。それが仕事……」

見るに見兼ねたか、火の番の親父が源二郎に声をかけ、遊里から連れ出すと長六橋の袂《たもと》に引っ張っていった。煙草《タバコ》に火を点《つ》けた親父は、

「まんざら初花さんが嘘《うそ》をついたってわけじゃない」

と慰めた。

源二郎は改めて火の番の老人を見た。遊びで身を持ち崩したような、そんな雰囲気

を持った年寄りだった。初花と同じように東国からの流れ者かもしれない。

「お前さんが探している四人の侍は確かに河原町に姿を見せてね、派手に金を使っていたよ。ところが、あんたがあの見世で待ち受けているって噂《うわさ》が立ったものでね、尻《しり》に帆をかけて城下から消えたってわけさ」

初花の部屋に籠《こも》っている間に源二郎のことは廓じゅうに知れ渡っていたのだ。

火の番の親父は拍子木をひとつ寒空に向かって打つと、

「そうそう、片桐なんとかいう連れの男が万亀楼の千歳《ちとせ》さんに入れ上げてね、あの分なら早晩戻ってくるね」

「確かに戻ってくるか」

「あの仁《じん》も遊びはなれておらんな。ならば女に魅《ひ》かれて戻ってくる。そうさせるのが遊女の手練手管《てれんてくだ》……」

火の番の親父は、

「袖すり合うも他生の縁というじゃないか。うちに来ないか」

と落ち込む源二郎を誘った。

河原町の外れの川端に建てられた小屋が火の番伊助《いすけ》の家だった。

土間に水のはられた盥《たらい》と砥石《といし》がおかれてある。

「昼間の仕事は刃物研《と》ぎよ。お前さんさえよければ、ここで寝泊まりして片桐が戻ってくるのを待ちねえな」

源二郎は伊助の親切に縋《すが》ることにした。それ以外、思いつかなかった。そして焼《しょう》酎《ちゅう》を欠け茶碗に注いで出してくれた伊助に事情を喋っていた。

「仇討ちって噂は、すでに流れていたよ。やっぱりほんとの話かい」

そう言った伊助は、そりゃ気長に待つしか手はあるまいなと源二郎の顔を見た。

「気長になどしておれん。金も残っておらん」

「夜番でも手伝うかね、それとも惚《ほ》れた遊女のそばじゃ小恥《こっぱ》ずかしいか」

「そんなこつはなか」

そう答えた源二郎は、ここに厄介《やっかい》になってもいいかと念を押した。

「厄介というほどのこともできねえ、見ての通りのあばら屋だ。好きなようにいなせえ」

「ならば手伝わせてくれ」

源二郎は、剣の修行のかたわら、師匠《ししょう》から刀の研ぎを習ったことを伊助に言った。

「なに、刀の研ぎができる。それならば包丁や鎌《かま》などは朝めし前だ」

伊助は部屋の隅から預かり物の包丁を出してきた。

源二郎の腕を試してみようというのか。

源二郎は土間に下りると筵《むしろ》に座った。

砥石を水で浸し、錆《さび》くれた出刃包丁を石に当てた。ゆっくりと押し、引いた。

単純な作業が源二郎に心の落ち着きを取り戻させた。

四半刻《しはんとき》後、研ぎ上がった包丁の刃に指をあてた伊助が、

「源二郎さん、あんたな、金に困ったら刃物研ぎをやることだ。一人分の食い扶持《ぶち》ぐらいにはなる腕だよ」

と感心してみせた。

「よかろう、精出して注文をとってこよう。研ぎはあんたに任せた」

伊助が客から預かってきた鋏《はさみ》や包丁を源二郎が研ぎ、夕暮れから夜にかけて河原町の遊里を見張る日々が続いた。

伊助は定期的に五郎丸稔朗の叔父にあたる熊本藩納戸方白石松造《しらいしまつぞう》の屋敷を覗《のぞ》いては五郎丸が戻ってないことを報告してもくれた。

伊助の小屋に世話になって二十日も過ぎた頃、片桐佑朔が入れ上げたという千歳の姿を見た。年増《としま》の遊女だ。器量はよいとはいえないが、見るからに人のよさそうな遊女だった。客もなじみの者が多い。

「客を戻すようにするのが遊女の手練手管……」

という伊助の言葉にもかかわらず、片桐は千歳のところに顔を見せにくる様子はなかった。

「源二郎さん、あせることはないよ。奴は絶対に戻ってくる」

逸《はや》る源二郎を伊助はそう宥《なだ》めた。

春が過ぎ、夏が終わり、秋が駆け抜けても錆《さ》びた刃物を相手にじっと待った。

刃物を研いでいるかぎり、心を落ち着けて待つことができた。

見張りを始めて一年が過ぎようとしていた。再び冬の季節が巡《めぐ》り来て、その夜、しんしんと雪が降った。

伊助がめずらしく早く戻ってきた。まだ夜食の用意もしてない刻限だ。

「早いね」

「上がっているよ。千歳さんのところにね」

伊助の顔に緊張があった。

片桐佑朔が姿を見せたというのだ。

「懐は寂しいそうだ。ちょんの間だな」

源二郎は、素早く旅仕度を整えた。

「行きなさるか」

源二郎は世話になった伊助に深々と頭を下げると小屋を出た。

九つ（深夜十二時）、白く変わった遊里を出る片桐の前に数馬源二郎が立った。

源二郎を認めた片桐は、いきなり雪道に土下座をした。顔を雪に埋《うず》めながら、

「源二郎どん、わしは五郎丸様の命に従っただけじゃ、許してくれ。数馬の家でもだれも斬《き》ってはおらん、斬ったのは三人じゃ」

と必死の言い訳をした。

「三人はどこにおる」

「長崎じゃ。町年寄後藤豊太郎様の屋敷に厄介になっておられる」

「ぬしは遊女恋しうて抜けたか」

それもある、と恨みがましく片桐は言った。

「五郎丸様は藤木と日出ばかりをむぞがらす（可愛《かわい》がる）、おれはただの荷物持ちじゃ。遊びにも三人で出かける」

「数馬から盗んだ金はどうなった」

「五郎丸様が持っておられる。もはや半分とは残っておるまい。毎夜の丸山通いじゃ」

わずか一年で四、五百両の金を費消したというのか。

仇討ちの真の相手は五郎丸稔朗ひとり、源二郎は片桐の始末をどうしたものか迷った。

「立て」

「斬らんでくれ」

「立て。立たんと斬る」

後退《あとずさ》りしながら片桐が立ち上がった。

「行ってもよいな、源二郎しゃん」

うなずく源二郎に片桐はくるりと背を向けた。

「無料《ただ》とはいわん。代償は払っていけ！」

源二郎が踏み込み、肥前国近江守忠吉二尺三寸四分が腰間から疾《はし》って寒夜を一閃《いっせん》した。悲鳴を上げる間もなく、片桐の片腕が肩口から両断されて宙を飛んだ。

肥後熊本から海路島原に渡り、諫早《いさはや》を経由して長崎に数馬源二郎が到着したのが天保九年冬の終わり、久世伊勢守広正《くぜいせのかみひろまさ》と戸川播磨守安清《とがわはりまのかみやすずみ》が長崎奉行を江戸と長崎で務める時代であった。

名残り雪が降り積もった熊本とは違い、長崎では春を想わせる陽光がおだやかに照りつけ、港には異国の大船が色あざやかな旗を靡《なび》かせて停泊している。

源二郎の目にはすべてがめずらしく、あでやかに映った。

だが銅座町のめし屋で食した煮付けとめしは、どこの町よりも高かった。

懐には一両と二朱に銭が三百ほどしかない。

港ちかくの安旅籠《はたご》に投宿した源二郎は、長崎内町の町年寄後藤豊太郎の屋敷を見にいって驚いた。それは人吉藩の江戸上屋敷《かみやしき》など足元に及ばないほどの豪奢《ごうしゃ》な門構えだ。長崎はオランダと中国に限られてはいたが海外貿易の独占的な拠点であり、密輸を含めて巨額の金が港町を潤《うるお》していた。

幕府直轄領の長崎を支配するのは、もちろん江戸幕府の派遣した長崎奉行である。だが、貿易全般を実質的に運営するのは長崎代官、長崎町年寄を頂点とする地役人といわれる二千人余の町人たちである。その束ねたる町年寄の威勢は計りしれないものがあった。あざやかな衣装の唐人が出入りする門前から土塀をめぐらした屋敷を一周しながら源二郎は、はたと考えこんだ。表門の他にいくつもの通用門がある。さて、なんとか思案をしなければ……。

翌朝、源二郎は白布ののぼりを立てて、後藤豊太郎の門前に座りこんだ。のぼりには、

後藤家客人五郎丸稔朗様、立ち合いを願い申す、数馬源二郎

とあった。町年寄の門を出入りする町人たちがめずらしげに見て通る。半刻《はんとき》もした頃、門内から羽織袴の男が出てきた。

「これ、そのようなのぼりを、これ見よがしに門前で立てるでない」

「他に思案も思いつかず」

「旦那様が会うと言われておる、屋敷に参れ」

どうやら町年寄後藤家の執事らしい。

源二郎は門内に引き入れられ、座敷に通された。そこでは南蛮《なんばん》渡りの椅子《いす》に座った壮年の男が帳簿を見ていた。

天井の高い座敷には緞通《だんつう》が敷かれ、調度は源二郎が見たこともないものばかりだっ

た。

「そなたがわが門前でのぼりを立てた御仁《ごじん》か」

「五郎丸様が当屋敷に滞在中とお聞きしてご無礼致した」

「人吉から来られたか」

「はっ、それがし金庫番数馬赤七の婿《むこ》養子源二郎にございます」

「金庫番な、そなたは五郎丸様と立ち合いを望んでおられるが、理由を聞こうか」

「仇討ちにございます」

「仇討ち？」

豊太郎が驚いた顔をあらためて源二郎に向けた。

源二郎は懐から相良頼之から下げ渡された仇討赦免状《あだうちしやめんじよう》を出して見せると、およそ一年も前に始まるお家騒動から事情を述べ立てた。

話を聞き終えた豊太郎はしばらく呆然《ぼうぜん》としていたが、

「わしが相良様に送った礼状が騒ぎの発端ですとな」

と驚きを隠せなかった。

「あい分かりました。どうもな、このところ人吉藩からも肥後屋昌七どのからも連絡がないと思うておりました」

「五郎丸様は滞在でございましょうな」

豊太郎は首を横に振った。

「十日ほど前、供のひとりが長崎から姿を消しましてな。それを知った五郎丸様らは早々に長崎を出立《しゅったつ》された。毎晩のように丸山遊郭にお通いであったが、そこの遊び代を盛大にこの後藤に付けたまま発たれたわ」

豊太郎が苦笑し、源二郎はがっくりと肩を落とした。

「事情を聞くと、そなたの仇討ちの責任の一端は、この後藤にある。人吉藩とのお取り引きとばかり考えておったでな。知らぬとは言いながら、ご中老の万頭様、肥後屋らの口車に乗って門葉一統の私腹を肥《こ》やしたはわしの失態。騒ぎの一因も後藤にないとはいえん。すぐにも人吉藩に手紙を書いて謝罪を申さねばならん。さて、どなたに宛《あ》てたものかな、数馬様」

源二郎は頼之側近の実吉作左ヱ門の名を挙げた上で聞いた。

「ご主人、五郎丸様らの行先に心当たりはござらんか」

「丸山の一件もあったでな、調べた。長屋の者に摂津の大坂に行くと漏らしていたそうな」

「では、それがしも大坂に……」

豊太郎は手で制し、陸路で行かれるよりも海路の方が早いと言った。

「三日後にわしらの持ち船が大坂に出立する」

「ご主人、それがしには船に乗る金がござらん」

「路銀《ろぎん》を使い果たされたか」

一年前の失敗を源二郎は正直に話した。

「おやおや、それは高い勉強代でしたな」

笑った豊太郎はじゃあ、こうしましょうかと源二郎に提案した。

後藤豊太郎は源二郎を屋敷内の長屋に泊めると、長崎会所所有の大勇丸の荷積みの仕事をさせた。一日五百文の賃金をはらってくれたばかりか、三度三度のまかない付きだ。路銀の乏しい源二郎にはなによりのことだった。

源二郎は、実吉作左ヱ門と刈谷一学に初めて便りを書いた。この手紙も後藤豊太郎が実吉作左ヱ門に立てた飛脚《ひきゃく》便に同封させてくれた。その中でこれまでの経過、熊本滞在から長崎に出たことを述べ、さらに大坂へと足を延ばすことを付け加えた。

三日後、源二郎を乗せた長崎会所所有の大勇丸は南蛮から渡来した珍奇な物産を満載して、大坂に向かった。

その船の水夫《かこ》として雇われた源二郎は、船出の合間に遠ざかる長崎を海から眺めた。

船の旅はこれで二度目。だが、今回は名にしおう玄界灘《げんかいなだ》を越えてゆかねばならない。船酔いを覚悟したが船上での作業もきっちりこなし、食欲も落ちることはなかった。関門《かんもん》海峡から瀬戸内に入ると二度目の海がおだやかに迎えてくれた。

「旦那、仇討ちなんて忘れてな、船頭にならねえかい」

水夫頭《かこがしら》が仇討ちの旅に戻ろうとする源二郎に冗談まじりに言った。そして南蛮にも出向いたという船頭は、餞別《せんべつ》だと言って源二郎に一両の金を贈ってくれた。

湊々で風待ちをするうちに季節はいつしか夏を迎えていた。

大坂の町に出て驚いた。

窮民救済を旗印にした大塩平八郎の乱の記憶もまだ新しい町に、砂を手にした老若男女が踊り狂い、なかには裸の女が通りを走り回っている。

お蔭参りを彷彿《ほうふつ》させる騒ぎは、鴻池《こうのいけ》ら豪商たちが町民の間に残る大塩を崇《あが》める気持ちをそらすために狂乱的な乱舞を仕掛けたものであった。

砂持《すなもち》という狂喜乱舞に不安な気持ちにさせられた源二郎は、人吉藩大坂屋敷の藤田《ふじた》統次郎《とうじろう》を訪ねた。

刈谷道場で腕を競った統次郎は百八十石の上士の次男で、五人扶持の源二郎とへだてなく付き合ってくれたただ一人の友であった。

「聞いたぞ、そなたのことはな」

ちょっと待て、と源二郎に言い残すと奥へ姿を消した。が、すぐに外出の仕度で姿を見せた。統次郎が連れていったのは御城がのぞめる天満橋《てんまばし》際の料理茶屋だ。なれた口調で酒と肴《さかな》を頼むと、源二郎を見た。

「そなたはご家老になられた実吉様の改革を大いに助けたそうじゃのう」

「なあに師匠に命じられ、江戸まで送り申しただけじゃ」

「門葉一掃に腕を振るわれた実吉様のお力は、この浪速《なにわ》にも伝わっておる。そなたもな、殿の信頼厚い実吉様の後ろ盾《うしろだて》があれば万万歳じゃ」

「なにが万万歳か……」

源二郎は統次郎に養家に降り懸《か》かった災難を話した。

酒がきた。

統次郎は黙って源二郎の杯《さかずき》を満たした。

「焼酎は浪速では飲まんでな、酒で我慢してくれ」

球磨は焼酎の国だ。国では拳《けん》をやりながら豪快に飲む。

統次郎は酒を一気に喉《のど》に流しこむと言った。

「源二郎、ものは考えようじゃ。女房どのというても評判の醜女《しこめ》、一生涯尻に敷かれることを考えてもみい。そなたが本懐を遂げれば、嫁のもらい手に引く手数多《あまた》じゃ」

やえの亡霊に繰り返し悩まされる話をしたら、統次郎はなんと答えるか。

「統次郎、五郎丸稔朗らは大坂に立ち寄っておらぬか」

「大坂にもたしかに門葉の血縁はおる。大坂屋敷でも国許《くにもと》、江戸屋敷の調べに合わせて門葉への吟味が行われた。その結果な、勘定方の井崎様を始め二名が永の暇《いとま》。藩に残ることのできた門葉は息を潜《ひそ》めて生きておられる。五郎丸らが大坂に潜んでおるにしても、まず屋敷には顔は見せん。暇になった門葉か、他家に勤めておられる門葉を頼っておるな」

「手はないか」

ないこともないと答えた統次郎は、

「本日、そなたが屋敷に顔を見せたことはおれしか知らん。取り次ぎの玄関番にはだれにも言うなと厳しく命じてある。門葉から外にもれんとも限らんからな。調べる、一日二日、くれ」

と言った。

その夜、源二郎は道頓堀の安旅籠《はたご》に泊まって連絡を待った。

統次郎が姿を見せたのは三日後のことだ。

「加賀藩の蔵屋敷の御役人にな、門葉一門の娘が嫁に行っておる。乙池武左ヱ門《おといけぶざえもん》といって御手船組とか」

「御手船組？」

「さすがに加賀百万石じゃな、加賀では千石の御用船を何十隻と組織してな、日本じゅうに加賀の物産を運んで商いをしておるそうな。大坂の加賀屋敷にもな、御手船組支配の藩士がおられる。乙池に嫁に行った女というのが五郎丸の血筋らしい」

刈谷がくれた門葉の名簿からは漏れていたものだ。

「五郎丸らはそこにおるのか」

「滞在しておるのは間違いない」

とうとう仇敵《きゆうてき》五郎丸稔朗の尻尾を摑まえた。浪速の町で討ち果たして人吉に凱旋《がいせん》する。源二郎の胸が躍った。

「乙池の役宅は加賀の屋敷にある。最近では遊ぶ金に詰まったか、外にも出んそうじゃ」

なんと八百両もの大金を一年余りの逃亡生活の間に費消してしまったという。

「加賀は大藩、踏みこむわけにはいかんな」

「大坂町奉行所に仇討ちを届ける」

「源二郎、それはどうかな」

と統次郎が首を振った。

仇討の相手を見付けた者は町奉行所、所司代、あるいは領主に届けるのが習わしだ。

「大坂ではな、町奉行所の威光が地に落ちておる。町奉行所が加賀屋敷に掛け合っても知らぬ存ぜぬと追い返されるわ。あげくのはてに、そっと逃されるのが落ちだ」

「では、どうする」

「五郎丸らが屋敷から出て来るのを気長に待つしかあるまい」

「追い出す手立てはないか」

「相手は百万石の加賀藩じゃ、手立てなどあるものか。長期戦を覚悟せねばなるまい。それにしても藩屋敷を見張るとなると侍姿ではまずい。なにか工夫がいるな」

「熊本では刃物研ぎで糊口《ここう》をしのいできた」

「上中之島淀屋橋には町家はない、刃物研ぎの客を待ちうけるのは不自然じゃな。そうじゃ、源二郎、団扇《うちわ》売りになれ」

「団扇売り、な」

「季節も季節、団扇売りが出てもおかしうはあるまい」

「どこで団扇を仕入れてよいかも知らぬ」

「当てがある」

統次郎が知り合いの団扇売りの問屋から商品の団扇を仕入れるように話をつけてくれた。それればかりか担《かつ》ぎ棒に浴衣《ゆかた》地の衣装に股引《ももひ》き脚半《きやはん》、菅笠《すげがさ》と棒手振《ぼてふ》り一式を借りてきてくれた。

源二郎はその格好で加賀藩の蔵屋敷門前に店を出し、門の出入りを見張ることにした。

夏へ向かう折り、夕暮れの涼み客が団扇を買ってくれないこともない。

「いいな、大坂は商人《あきんど》の町や。くれぐれも客には愛想ようせなあかんで」

統次郎が源二郎を浪速言葉で注意してくれたものだ。

初夏の大坂に暑さが戻ってきた。

川面《かわも》をわたる風さえ暑い。

菅笠を通して顔を覆った手ぬぐいにあたる熱射がいたい。

町も白く光ってゆらいでいた。

「兄ちゃん、いくらや」

中年の女が源二郎の前に立った。

初めての客だ。

「十四文だす」

統次郎から習った浪速言葉で応対した。

「十四文やて、高いわ。まけとき」

素早い突っ込みに言葉が詰まった。

「いくらならよい」

「あんた、浪速もんやないな」

「団扇売りになったばかりだ」

「そうやろな、商人が板についとらんわ。あんじょう棒手振りのこつおぼえんとあかん。はい、十文」

四文は指南《しなん》賃だと十文を渡すと、かってに団扇を抜いていった。

問屋から団扇一本十二文で購入した。衣装の借り賃も含んでの値段だ。十文で売れば二文ずつの損ということになる。

まあ、団扇を売って利を生むことが目的ではない。なんとなく十文に値が落ち着いた。安いせいで団扇はぼつぼつ売れる。

だが、肝心の五郎丸稔朗らの姿を見掛けることはなかった。

五日目からは時間帯を変えて夕暮れから店を出してみた。それでも五郎丸らの出入りする様子はない。

緊張が加賀藩蔵屋敷に漲《みなぎ》ったのは十一日目のことだ。

安治川から上がってきた船が次々に蔵屋敷に物品を運びこんだ。どうやら加賀藩の千石船が大坂の港に入った様子だ。

屋根船では重役と見られる武士が藩士たちに出迎えられて到着した。

源二郎はその夜遅くまで蔵屋敷を見張った。

五つ半（午後九時）過ぎ、微醺《びくん》をおびた重役たちが屋根船に戻った。

屋敷の表門が閉ざされ、長い一日が終わろうとしていた。

店の片付けをしていた源二郎の耳に通用口が開く音が聞こえた。

手ぬぐいで頬《ほお》かぶりした旅仕度の侍が三人出てきた。

彼らは門前を見回すと急ぎ足で河岸に沿って歩き出した。

（五郎丸だ……）

源二郎の背に緊張が走った。

商いの荷をその場に残し、大小を隠したこも包みを小脇に抱えて追った。

三人は天満橋を渡ると北に向かう。長柄橋で淀川を渡り、夜道をひたすら京都へ向かう山崎街道を歩いていく。

時折り、淀の川面から水音が響いてきた。

京と大坂を行き来する伏見船の櫓《ろ》の音か。

加賀屋敷を重役らが訪ねたことと五郎丸らの出立とは関係あるのか。

（さて、どうしたものか）

ともあれ夜道で三人を相手の戦いは避けたい。夜陰に乗じて三人にばらばらに逃亡されたら、本命の五郎丸を取り逃がす恐れがあった。

朝まで執拗《しつよう》にくらいついて、明るくなったところで名乗りを上げようと源二郎は決断した。

夏の夜明けは早い。

伏見に入ったあたりで前方をゆく三人の姿が見えるようになった。

鴨川にかかる勧進橋を渡ると京の外れに入る。

「待たれよ」

源二郎は脇差を帯に通し、肥前国近江守忠吉を片手に声をかけた。

足をとめた三人がゆっくりと源二郎を振り見た。

棒手振りの格好で両刀を持つ源二郎をいぶかしく見ている。

「元人吉藩五郎丸稔朗、藤木助三郎、日出松太郎の諸氏とお見受けいたす」

沈黙の後、中のひとりが頬《ほお》かぶりをとりながら、

「人違いじゃ」

と答えた。残りの二人も先の一人に倣った。背格好は似ているが、目当ての敵とはまるで違う。

「これはなんと」

御無礼した、と頭を下げる源二郎に最初に頬かぶりをとった武士が聞いた。

「そなたが尋ねた三名は、御手船組乙池武左ヱ門様の役宅に滞在する肥後の者か」

「いかにもさよう」

「なぜ付け狙われる」

「舅、姑、女房の敵にございますれば」

「なに、仇討ち……」

武士は道理でとつぶやくと、仲間二人と顔を見合わせた。

「昨日、加賀から重役が来られて、他藩の者が蔵屋敷の役宅に長逗留《とうりゅう》とはいかがと、乙池様を叱責《しっせき》されたとか。その直後にな、われらは乙池様に呼ばれて、用を言い付かった。さほど急ぎの用とも思えん京への使いを頼まれた。京の筆師のところに注文を

出すに、三人が揃《そろ》っていくこともない」

（しまった）

引っ掛けられたか。源二郎の見張りは五郎丸らの知るところであったらしい。そこで乙池は、姿かたちの似た部下を夜分京へ使いに出し、源二郎が追跡する間に五郎丸らをいずこかへ逃がしたのではあるまいか。

「ごめん……」

源二郎はいま来たばかりの山崎街道を大坂目指して走り戻っていった。

加賀の蔵屋敷に追い詰めながら取り逃がした。

自分の迂闊《うかつ》さをのろいながら走った、闇雲《やみくも》に走った。

三

大坂で五郎丸稔朗ら三名の敵を取り逃がした失敗は、致命的であった。

手中に入れた獲物をするりと手の間からもらした。

五郎丸らは加賀藩の御手船の水夫として千石船に乗り組み、江戸に向かっていた。

源二郎が長崎から摂津まで長崎会所の船に乗り組んだように、五郎丸らも偶然にも同じ海上を選んでいた。

源二郎は三人の跡を追って東海道を江戸に下った。

五郎丸を見つけるために江戸へ戻ると、自分の気持ちを引き締めながらも、

（江戸には佐希がいる）

という喜びも一方にあった。

（敵を見つけて仇を討ち、佐希に会うのだ）

源二郎は切ないほどの期待を持って江戸入りした。

だが、源二郎が江戸に到着してみると、加賀藩の御手船は三日も前に浪速からの荷を揚げ、江戸で買い求めた新たな荷を積んで、北に向かって出港していた。

（五郎丸稔朗は下船して江戸の門葉を頼ったか）

まず源二郎は御手船が停泊する越中島《えっちゅうじま》あたりから、その荷を保管する加賀藩の蔵屋敷のある深川黒江町付近を何日も聞き回った。

すると大坂で乗船した五郎丸ら三人のうちの二人は、そのまま加賀藩の御手船を当分の隠れ場所に決めたか、船とともに北に向かって姿を消していた。そして下船したのは船酔いが激しかった日出松太郎ということが分かった。五郎丸と藤木を乗せた御手船は、津軽海峡を回って越前《えちぜん》に回航するという。

また先を越された。

源二郎の切ない期待も萎《しぼ》んでいく。それに路用《ろよう》の金も尽きていた。江戸で暮らしを立てなければ仇討ちどころではない。

源二郎は江戸に腰を落ち着け、長期戦の構えを取らざるをえなくなった。

まず黒江町に近い一色町の裏長屋、左兵衛店に住まいを見付け、刃物研ぎで稼ぎながら日出松太郎の探索をする途《みち》を選んだ。

九尺二間の棟割り長屋をねぐらに、昼間は半纏《はんてん》に腹がけ、股引《ももひ》きの格好で深川から本所あたりを流しては、研ぎの仕事をもらって歩く。

客がつかなかった。

江戸には伊助老人も統次郎もいなかった。独りで客を開拓するしかないのだ。

熊本よりも浪速よりも商いが難しいと考え始めた頃、深川三間町の長屋の上さんが菜切り包丁を手に路地に出てきた。

「あら、間違えた。いつもくる酔っ払いの八公《はちこう》と思ったんだけど、まあ、いいか」

と研ぎに出してくれた。源二郎は菜切り包丁の他にも女に家じゅうの刃物を出させて研ぎ、本日はお披露だからと研ぎ料をとらなかった。

「あら、すまないね。長屋じゅうに宣伝しておくよ」

女は言葉以上に、

「八公よりもあの研ぎ屋の方が丁寧《ていねい》な仕事で切れ味がいいよ」

と近所じゅうに触れ回ってくれた。おかげでぼちぼちと客がつくようになった。

半年も過ぎたころには長屋の店賃を払い、めしを食っても七、八十文の銭が残るようになっていた。

江戸に出て来て二か月、ようやく暮らしの目処《めど》が立った源二郎は、お玉が池の千葉道場に顔を出した。

源二郎が挨拶《あいさつ》に出ると千葉周作は、

「おお、江戸にまた出てこられたか」

と喜んで道場での稽古《けいこ》を許してくれた。

その日、源二郎は千葉道場の帰りに麻布新網町の家に立ち寄った。

新堀川のそばの麻布新網町の家に佐希が待っていてくれるという幻想を抱いたわけではない。龍三の魔の手から救ってくれた源二郎に彼女は体で礼を返してくれたのだ。

「帰りを待っているわ」

と別れ際に告げた佐希の言葉に縋《すが》りたい気持ちがあった。それでも江戸に出てすぐにも訪ねなかったのは、源二郎の見栄だった。人吉藩の江戸勤番者として佐希に会いたかった。が、あてもない敵討ちの身の上、懐《ふところ》には金もない。

小女《こおんな》が玄関先を掃除していた。

「つかぬことを尋《たず》ねるが、いまだ佐希様はお住まいであろうか」

小女は侍姿の源二郎をしげしげ見ると、

「佐希様、どなたです？　ここは伊勢屋の番頭さんの住まいじゃけれど」

「伊勢屋の番頭さんはいつからお住まいじゃな」

「一年も前のことだがよ」

「前に住まっておられた住人がどちらに移られたか存ぜぬか」

「お侍、そんなこと分かるもんかね。おらっちの番頭さんが買われた時には無住でよ」

佐希はやはり源二郎に一夜の思い出だけを残して姿を消していた。

訪ねていくのではなかったと肩を落とした源二郎は、深川一色町の長屋に戻っていった。

夕めしは加賀藩の蔵屋敷近くにある一膳めし屋の丹虎《たんとら》で済ますことにしていた。

この店にいれば、加賀藩の中間たちが出入りしていろいろと情報をもらしてくれる。御手船が越中島沖に碇《いかり》を下ろせば、水夫たちも酒を飲みにやってきた。

日出が船を下りたのを聞き込んだのは丹虎だ。

研ぎ仕事がなんとか軌道に乗り、日出の探索に本腰を入れた。

源二郎は、江戸を知らない日出が居をかまえるとしたら、最初に足を下ろした深川一帯ではあるまいかと見当をつけていた。

五郎丸らと喧嘩《けんか》別れしたわけではないのだ。船に乗った仲間が立ち寄る港近くに住みたいのは人情だろう。

その年の瀬、源二郎が丹虎に顔を出したのはいつもより遅く五つ（午後八時）に近かった。砥石や桶を入れた道具箱を担いで縄のれんを潜ろうとすると、足取りの危ない浪人者が出てきた。

源二郎の顔は頬かぶりと道具箱に隠されて相手には見えない。だが、源二郎は、相《そう》貌《ぼう》がやつれていても日出松太郎の顔を見逃さなかった。

「ごめんなすって」

と通りすごしておいて、千鳥足の日出を尾行し始めた。

日出は深川一帯に巡らされた堀ぞいに黒江橋から富岡橋を渡り、深川寺町の門前を抜けた。門前町に住まいがあるのかと思っていると、仙台堀の近くの荒れ寺の門を潜っていった。

塀にへばりつく源二郎の耳に小言が聞こえてきた。

「旦那の仕事は暮六つ（午後六時）から明六つ（午前六時）が決まり、あまりちゃらんぽらんだとよ、親分も考えなさるぜ。この時世だ、食い詰め浪人なんていくらでもいるんだ」

伝法《でんぽう》な小言が闇に流れた。

日出の言い訳は聞き取れない。

話の様子から日出は博奕場《ばくち》の用心棒をしているらしい。

小言が収まったのを確かめた源二郎は一色町の長屋に戻った。

隣の井戸替え職人の戸を叩き、女房に残りめしを貸してはくれないかと頼んだ。これまでも気のいい女房に何度かめしを借りていた。その代わり暇をみては長屋じゅうの刃物を無料で研いでいる。

「またもめしを食いっぱぐれたのかい」

女房は残りめしに味噌汁をあっため、漬物を添えて持ってきてくれた。礼の言葉もそこそこに源二郎はめしを掻《か》きこんだ。

井戸端で器を洗うついでに埃《ほこり》まみれの体も洗った。水の冷たさが源二郎に侍の心魂を取り戻させる。

万が一のことを想定して実吉作左ヱ門に手紙を書き残した。

源二郎は日出を討つ願いを町奉行所に届ける気はない。その方が後々問題が生じないのは分かっていたが、日出松太郎が源二郎に討たれたと五郎丸稔朗に伝わった時のことを考えたからだ。あくまで源二郎の狙いは首謀者の五郎丸ひとりだ。

部屋を片付けると桶に新しい水を張った。

仕上げの砥石を部屋の真ん中に据え、源二郎はゆっくりと寝刃《ねたば》を合わせた。手慣れた仕事だ、時間は十分にあった。

夜の長屋に刃を研ぐ音がいつまでも続いた。

七つ（午前四時）の鐘を聞いて源二郎は着古した袷《あわせ》に道中袴、その上に綿入れを羽織った。

研ぎ上がった大小を腰にたばさむと、寝入っている長屋をするりと抜けた。

六つ前、破れ寺から日出松太郎が姿を見せた。ゆらりゆらりと仙台堀を海へ向かって歩いていく。深川でもせまい町内の蛤町《はまぐりちょう》は運河で二つに分かれ、小川橋で結ばれている。

源二郎は綿入れを脱ぎ捨てると一気に間を詰めた。

日出が振り返った。最初、疲れを漂わした顔にはなんの表情も浮かばなかった。じんわりとその顔に恐怖が浮かび上がってきた。

「……異風者《いひゅごろ》の彦根源二郎か」

「養家を襲った折り、そなたの役目は何であった」

「雇い人を叩き斬ることよ。じゃが実際に手掛けたのは、そなたの花嫁御寮《ごりょう》じゃ。あの醜女《しこめ》、馬鹿騒ぎしおったでな」

日出はふてぶてしい笑いを窪《くぼ》んだ頬に浮かべた。

人吉の道場で目録を得た腕とか、名は知られていたが、まだ竹刀《しない》を合わせたこともない。

「やはり大坂の蔵屋敷を見張っていたのはお前か。門番がうろんな物売りが毎日、門前で商いをしておる。公儀の隠密《おんみつ》ではと騒いでおったが」

やはり団扇売りの源二郎は怪《あや》しまれていたのか。

「五郎丸稔朗様は加賀の船か」

「五郎丸どのは春になれば江戸に戻って来られるわ。じゃがそなたの命、このおれがもらった」

橋の欄干を背に半身の日出は刀を抜くと下段に構えた。

源二郎は正眼《せいがん》にとった。

呼吸を合わせる間もなく一歩間合いを詰めた。さらに一歩……日出をじりじりと仙台堀に追い詰めていく。

日出の剣先が脇に引かれ、
とおっ！

と気合いを発すると突進してきた。弧を描いて切っ先が源二郎の足から腹部に擦《す》り上げてきた。

伸び上がってくる出鼻を叩いた源二郎と日出は擦れ違った。

堀を背後にくるりと身を回したのは源二郎が先であった。

待った。

日出松太郎が体勢を整え、再度の攻撃を仕掛けてくるのを。

「片桐佑朔は片腕一本で許した。じゃが、そなたはやえの敵《かたき》、許せん」

顔を歪《ゆが》めた日出の刀は上段に振り上げられていた。

「五人扶持の分際で……」

日出が懸河《けんが》の勢いで刀を振り下ろしてきた。

背を丸めた源二郎は剣の下に飛び込むと、日出の胴を寝刃を合わせたばかりの肥前国近江守忠吉で深々となないだ。

日出は悲鳴を残すと仙台堀に落ちていった。


天保十一年早春、源二郎はひたすらお玉が池の千葉道場に通い、門弟たちに混じって汗を流していた。源二郎の腕は数多《あまた》の門弟のなかでも五指に入るまでに上達し、周作は、

「肥後の源の字は、肝っ玉剣法じゃ。修羅場《しゅらば》に強いぞ」

と訪ねてくる客人に紹介して、可愛がってくれた。

源二郎は、熱心に道場通いしながらも仇討ちを忘れたわけではなかった。仕事の帰りには、丹虎に寄って加賀藩の船の動静を探った。

しかし、その年の春、加賀藩の船が江戸に出入りするようになっても五郎丸は江戸に姿を見せなかった。

(もはや加賀藩の便船を下りたのか)

源二郎の不安が膨《ふく》らみ始めた時、五郎丸の名を丹虎で聞いた。

酔った加賀藩抱え屋敷の中間《ちゅうげん》が五郎丸稔朗らしきものの噂を大声で喋《しゃべ》ったのは、初

夏になろうという時期だ。それによると、侍上がりの水夫《かこ》が金沢の町で大喧嘩をして、相手を傷つけたという。

「五郎丸とかいう西国《さいごく》出の水夫はよ、匕首《あいくち》を持った五、六人の遊び人をたちまち叩きのめしてよ。加賀藩にも、あれだけの腕の持ち主はおるまいってんで町じゅうの評判さ」

源二郎は、噂をした中間が店を出るのを待って声をかけた。

「もし、お中間《ちゅうげん》」

どろりとした酔眼を職人姿の源二郎に向けた男が、なんでえという風に見た。

「先ほどの話を詳《くわ》しく聞かせてはもらえませんか」

源二郎は二朱ばかりを相手の懐にいれた。

「なんの真似《まね》でえ」

「五郎丸様には浪速の蔵屋敷で世話になりましてな、つい懐《なつ》かしうなった」

「聞き耳立ててんだろ、おれの知っていることは喋ったぜ」

「五郎丸様がどこにおられるかご存じか」

「そりゃ分かるさ。相手の男が二人ばかり不具になったんでな、藩の牢《ろう》に来年の春まで留め置かれるって話だ」

それが中間の知っているすべてだった。

千載一遇《せんざいいちぐう》の機会が得られた。


源二郎は長屋を引き払い、金沢に向かった。

甲州街道を諏訪《すわ》に出て、松本から山道を飛騨《ひだ》高山へ、古川、白川郷《しらかわごう》から金沢に抜ける旅であった。


源二郎が暑さの最中、旅をしている間に金沢で変革が起こっていた。

この年、加賀藩では海運業銭屋五兵衛《ぜにやごへえ》に御手船の運営を任す裁許を与えた。

銭屋は代々両替商を営んできたが、父親の時、海運業に手を出して失敗、いったん家運は傾いた。だが、五兵衛は持ち前の胆力と行動力で再興、改めて海運業に乗り出した。当時、国内各地に市場が生まれ、物産輸送が活発になっていたことが五兵衛の事業を手助けした。

加賀藩では藩財政の手直しを町人の五兵衛に期待して藩主の家紋を用いた御用船の全権、御手船裁許を与えたのである。

五兵衛は一層の経済力と行動力を発揮して、千石船二十隻を所有して日本じゅうに設けた三十四箇所の出先店から物産を加賀に集め、送り出した。そればかりか加賀藩と銭屋五兵衛は新たな事業に乗り出していた。

加賀梅鉢の藩旗をかかげた大船を安南、シャムに定期的に送り、南蛮交易を始める計画であった。

源二郎が加賀百万石の城下町金沢に到着したのは、幕府に極秘の海外交易船が犀川《さい》河口の宮腰《みやのこし》港から出船したばかりの時節であった。

源二郎は藩の町奉行所を訪ねて、元人吉藩五郎丸稔朗が入牢《じゆろう》中かどうか問い合わせた。担当の役人は入牢者に何の用事かと問い返した。

源二郎が仇討赦免状を見せ、その理由を説明すると、

「暫時《ざんじ》お待ちを」

と慌《あわ》てた役人は奥へと引っ込み、長いこと待たされた。

一刻後、源二郎は町奉行峰村将監《みねむらしようげん》の前に呼び出された。

「そなたか、五郎丸稔朗を敵と狙うは」

うなずく源二郎に峰村は気の毒そうな顔をして言った。

「もはや五郎丸は金沢にはおらん」

「春までの刑期と聞きましたが、放免でござるか」

いや、と困惑の表情を見せた峰村は、

「武士道を守っての仇討ちとあらば、藩の内情にも触れねばなるまい。五郎丸稔朗の牢止めはたしかに春三月までであった」

峰村は加賀藩では密《ひそ》かに海外への交易船を仕立てて、数日前に出港させたことを告げた。

「交易船と五郎丸がどう関係してござる」

「安南、シャムははるか海の果てじゃ。途中の海路には武装した賊どももおる。そこでな、銭屋の船に腕っぷしの強い囚人たちを選んで乗せた。武家の出の五郎丸は、長崎で異国の人間との付き合いもあり、貴藩の〝長崎買い物〟にも関わったというで、水夫《かこ》たちの頭分で乗り組ませたわ」

「五郎丸には藤木助三郎という連れの者がいたはずですが」

「その者も一緒じゃ」

なんと敵は海外に向かう船に乗って日本を離れていた。

「銭屋どのの船はいつ戻りましょうか」

「来年の春じゃが」

「金沢に滞在して船の戻りを待ちとうございます」

町奉行の峰村は源二郎に同情を寄せたか、住まいが決まれば町奉行所まで届けよ、船が戻ったらただちに知らせると約定《やくじょう》してくれた。

源二郎は雪が降り続く金沢の町で研ぎ屋をやりながら、銭屋の交易船が戻ってくるのを待った。


峰村から連絡があったのは、雪の季節も終わろうとする頃のことだ。

源二郎は大野川河口に駆けつけた。

河口ではすでに荷揚げが始まっていた。それに立ち会う峰村が源二郎の姿を認めると手を振った。

町奉行は赤銅《しゃくどう》色に焼けた老人と話していたが源二郎が挨拶《あいさつ》すると、

「船頭、この御仁《ごじん》じゃ、五郎丸を追っておられるのは」

と紹介した。船頭は源二郎に顔を向け、

「道理でな、それですべてが納得いく」

とうなずいた。

「峰村様、五郎丸らは戻って参ったでしょうな」

「それがな」

「戻っておらんのですか。まさか逃《のが》されたということではありますまいな」

血相を変えた源二郎に老船頭が、

「まあ、わしの話を聞いてくだせえ」

と宥《なだ》めるように言った。

「えらく気が利《き》く男とは思うたが敵持《かたきも》ちとはな。シャムに立ち寄った時、五郎丸と藤木のふたりが行方《ゆくえ》をくらましてな。われらも港付近を中心に探した。じゃが、そう長くも滞在できず、ついに二人を諦《あきら》めて帰藩した次第……」

足掛け五年、追っかけた末に敵は異郷に姿を消したという。

「二人は、金沢を出た時から異郷での離脱を考えていたようなんで」

源二郎は一気に張りを失って虚脱した。

「いつか戻ってくる気であろうか」

「分からぬな」

老船頭が気の毒そうに頭《かぶり》を振った。

天保十二年春、数馬源二郎は江戸に帰着した。

愛宕下藪小路の人吉藩上屋《かみや》敷《しき》に実吉作左ヱ門を訪ねた。玄関番に子細を告げると顔も知らぬ用人が出てきて、応対した。

「ご家老実吉様は」

「実吉様は国表《くにおもて》じゃ」

「参勤《さんきん》下番でございますか」

「国表の異変を知らんのか」

用人は源二郎に詰問《きつもん》した。

「門葉一味に煽動《せんどう》された一万人もの農民が人吉の商人や庄屋《しょうや》の家を襲って暴れておるわ」

この年の二月に表面化した騒ぎは茸山《なばやま》騒動と呼ばれる人吉藩を揺るがすものであった。それに先立つ三年前の天保九年、人吉藩では飢饉《ききん》の続く最中、豊後から茸山師を呼び、その増殖と茸栽培農家の指導に当たらせていた。ところが収穫が始まると藩は茸山への入山を禁止した。農民たちは藩幹部と特権商人が結託していると怒り出し、むしろ旗を立てての打ち壊しを始めた。この茸山一揆《いっき》では領内の人口六万余のうち一万人もの農民が結集して商家三十五軒を襲ったのだ。

その時、一揆の連中は武器を薩摩から調達しており、進むは鉄砲の合図、引くはほら貝と統制のとれた行動ぶりで、背後に薩摩を頼った門葉の影がちらちらと感じられた。

一揆は〝眠り達磨《だるま》〟の家老田代政典が切腹して終わることになる。この騒ぎを収拾するために実吉は急遽《きゆうきよ》国表に出向いているというのだ。

「数馬というたか。この御時世じゃ、そなたものう、仇討ちじゃなんじゃと藩を頼るでない」

用人は散々小言を言うと源二郎を追い返した。

敵は海外に逃亡した。仇討ちに理解を示した実吉作左ヱ門は国表で、いつ江戸に戻るともしれない。

（どうすればよいのか）

仇討ちも叶《かな》わず、百四十石の藩士になる夢も失った数馬源二郎は藪小路の真ん中にいつまでも立ち竦《すく》んでいた。

第五章　安政の大地震

一

天保《てんぽう》十二年（一八四一）五月十五日、江戸城は十二代将軍家慶《いえよし》の四十九歳の誕生の賀ではなやいだ空気に包まれていた。

この日、老中首座の水野忠邦《みずのただくに》は居ならぶ幕閣《ばっかく》、大名方、旗本衆を前に天保の大飢饉《ききん》を乗り切るために改革断行を宣言した。内容は享保《きょうほう》・寛政《かんせい》の改革を手本とする、相も変わらぬ綱紀粛正《こうきしゅくせい》と経費節減策である。

お祝いの雰囲気は急速に落胆へと変わった。

この政策決定は当然のことながら、江戸の豪商の商いから裏長屋の棒手振《ぼてふ》りの暮らしにまで影響してくる。

数馬源二郎は、節約倹約の掛け声ばかりが空《むな》しく響く江戸の町を研《と》ぎ仕事を求めて歩いていた。

五郎丸稔朗を討って人吉に帰参する夢はついえた。

ただその日の暮らしをたてるために深川一色町の左兵衛店を出ると、路地から路地を研ぎの仕事を求めて歩く。

神田お玉が池の玄武館に顔を出すこともなかった。

大小は長屋の布団の間に突っ込まれたままだ。

その日、品川方面に遠出したのは新規の客を開拓しようという考えがあってのことではない。ふだん歩く町並みから離れてみたいという気紛《きまぐ》れだった。

御殿山から品川の寺町、さらには目黒川ぞいに盛夏の江戸の外れを回って歩いた。

菅笠《すげがさ》の下から汗が流れて、首筋を伝う。

「刃物の研ぎ、研ぎいたします」

炎天に声を張り上げても客はない。

東海道筋から北に入ると、のどかな田園が広がっていた。

農家の者たちは包丁だろうが鍬《くわ》だろうが自分で研ぐ。

江戸府内のように研ぎ屋に出す習慣などない。

夕刻近くまで歩いて出刃包丁と錆《さ》びた鎌が一本ずつ頼まれた。商いにはならなかった。だが、源二郎は久し振りに人吉に戻ったような気分になっていた。

日が沈んで品川歩行《かち》新宿にある法禅寺門前に立ったのは、東海道に出るためであった。源二郎がその料理屋の門前を照らす行灯《あんどん》の文字を見た時、一人の女への思慕の念が湧《わ》きおこった。

行灯には、料理茶屋さきとあった。

小粋《こいき》な竹塀にかこまれて、門前から敷石が庭の間を縫って玄関まで伸びていた。水がうたれた敷石を淡く石灯籠《いしどうろう》の明かりが照らして涼しげだ。

(こんな飢饉の時期にも茶屋遊びするお大尽《だいじん》がいるのか)

源二郎はぼうっと佇《たたず》んで茶屋の門前を眺めていた。

「へえっ、お待ち」

三丁の空駕籠《かご》が料理茶屋の門前に到着した。

店の奥から仲居風の女が飛び出してきたのを皮切りに、急に門前が賑《にぎ》やかになった。どこぞの大店《おおだな》の主人たちが品川の遊郭で遊んだ帰りに飲み直しに立ち寄ったのであろうか。あるいは商いの談合でもしたか、女たちに手をとられて敷石を源二郎の立つ門前へとやってきた。

ほろ酔いの旦那《だんな》の一人が、

「いやだね、奢《おご》った遊びは控えよだってさ。おちおち酒も飲めやしない」

「備前《びぜん》屋さん、どこにお役人の耳があるとも知れないよ」

「くわばらくわばら」

「武蔵屋《むさし》さん、茶屋や芝居小屋に閑古鳥《かんこどり》が鳴いているようじゃ、この飢饉、終わりはしないよ。商いは勢い、それがお分かりにならぬらしい」

「いつまで続くのかねえ」

嘆き合った旦那衆はそれぞれの駕籠に身を滑りこませた。

「またのお越しをお待ちいたしておりますよ」

艶をかたちのよい顔に湛《たた》えた女主人が送り出した。

腹掛けに半纏《はんてん》に股引《ももひき》姿で研ぎの道具を担《かつ》いだ源二郎は、夢でも見るように女を眺めた。

白地の結城紬《ゆうきつむぎ》を胸高に帯をしめて、稚児《ちご》輪《わ》風に結《ゆ》い上げた頭髪には珊瑚《さんご》のかんざしが挿し飾られていた。

すっかり客商売に慣れた佐希の姿だ。

源二郎は、目を凝らしてただ見詰めていた。

なんと佐希は麻布新網町からほど遠からぬ品川の門前町で料理茶屋の女将《おかみ》として暮らしていた。

仲居たちは客を送り出すと早々に店へと戻った。

佐希だけが品川宿の明かりを望むともなく見ていたが、暗がりに立つ源二郎にまなざしを移し、

「おや、幽霊の出る刻限にはまだ早いようだけど」

とつぶやいた。料理屋の女将のあだっぽい言葉そのものだ。そしてその響きには懐《なつ》かしさがこめられていた。

「源二郎、また変わった格好《なり》だね」

佐希は辛辣《しんらつ》に言った。

「私の知る数馬源二郎様は肥後人吉藩のお金庫番だかの婿《むこ》に迎えられたお侍、職人じゃなかったがね」

「…………」

源二郎は言葉を忘れたように佐希を見ていた。

「源の字、上役に使われるだけ使われて捨てられたかな」

「そうではない」

「つもる話もある。お上がりなさいな」

「この格好《なり》ではな、出直そう」

「いまさら遠慮することもないさ。裏口に回りなさいよ」

「よいのか」

源二郎は汗のにじんだ半纏の袖《そで》を引っ張ってみせた。

「わたしの店よ」

源二郎は裏口から佐希の居間に通された。

女主人の部屋らしく整理されていて、どこもがなまめかしい。

神棚を背に長火鉢を前にして座った佐希はなかなかの貫禄《かんろく》だ。

「よい旦那に恵まれて、商い繁盛と見える。なによりだ」

皮肉はなし、と佐希が言うと、

「未《いま》だに独り者」

源二郎の顔を感情むき出しにして睨《にら》んだ。だが、言い過ぎたと思い直したか、

「店は見掛け倒し。倹約令でさ、客足が遠のいた上に……」

佐希は言葉を切った。

小女《こおんな》が膳《ぜん》に徳利《とくり》と肴《さかな》を載せて運んできた。

「有り合わせの肴だけど、手酌《てじゃく》でいっておくれ」

「すまない」

源二郎は自分で杯《さかずき》に注ぐとぐいっと飲んだ。

暑さのなか、一日じゅう歩いてきた体に酒が染みた。

「一度な、麻布新網町の家を訪ねた」

「急に引っ越しをせざるを得なくなったのさ」

下手な言い訳をした佐希は源二郎の杯を取り、かたちのよい顎《あご》を挙げて源二郎に注ぐように命じた。

「待っていたのよ、ほんと。でも、国の嫁様の肌がよいとみえて顔も見せない」

佐希はそう言うと喉《のど》を鳴らして飲んだ。

「源公、お国の嫁女はどうしたえ」

源二郎は佐希から空の杯を返してもらうと、

「嫁も舅《しゅうと》も姑《しゅうとめ》も殺された、藩の騒ぎにからんでな。江戸に戻るのが遅くなったのはそのせいだ」

と告げた。

佐希がぽかんとした顔で源二郎を見た。感情が戻った佐希の顔には悔いと悲しみが漂っていた。

「なんてことが……」

「お家騒動はおれが与《くみ》した側の勝ちに終わり、殿様からお褒《ほ》めの言葉も賜《たまわ》った。そこで養家に戻ってみると、門葉の残党が数馬家の者たちを惨殺し、金までさらって逃亡していた。おれはな、弔《とむら》いを終えると早々に敵討《かたきう》ちの旅に出されたのだ」

「そんなことがあったなんて」

佐希が今度は言葉を失い、黙りこんだ。

源二郎は敵を求めての旅の末に異郷に逃げられた話をぼそぼそと語った。

「……殿様はおれの功績を認めて六十石の加増を約束なされた。じゃが、それも敵討ちでわやになってしもうた」

「おあずけを食った犬《ちん》ころみたいじゃないか」

「それも永久《とわ》に食うことはできん。敵討ちの相手が異国に逃亡してはな」

「源の字もえらい貧乏くじを引いたもんだね」

佐希は呆《あき》れたように言うと、

「それで刃物研ぎで暮らしを立てているのかえ」

「出世の夢もついえた。なんのために師匠《ししょう》の家族の雑事をこなし、剣の修行をしたのか、無駄であったわ」

「ついてないねえ。敵が異国に逃げたなんて、前代未聞の仇討《あだう》ちだよ」

「江戸の町で菜切り包丁を研ぐ仕事にも飽き飽きした」

源二郎は今の気持ちを正直に吐露《とろ》した。

佐希が小女に新たな酒を命じた。

徳利がくると源二郎の空の杯に注いだ。

源二郎も佐希の猪口《ちょこ》を満たした。佐希が猪口を手に、

「麻布新網町で帰りを待っていたのはほんとの話……」

といきなり話題を転じた。

「源の字が人吉に戻って二か月もしたころかね。金戸幹之進の倅《せがれ》が、あの家に姿を見せたのさ」

源二郎は思わぬ展開に佐希を見た。

「倅の卯太郎《うたろう》は私が親父を殺して金を奪ったって脅迫に来たのさ」

「なんと、金戸の子息が……」

金戸幹之進を殺したのは、実吉作左ヱ門が使っていた小者《こもの》の龍三だ。

その龍三を源二郎が斬《き》り、幹之進と龍三、二つの死体を源二郎が新堀川に投げこんで始末した。

「最初は知らぬ存ぜぬの一点張りで断わってみた。藩邸にも相談に赴《おもむ》いた。でも、金戸なんて藩士はおらんと門前払いでね。わたしはね、あの男が家に来る度に小銭を与

えながら、そなたが人吉から戻ってくるのを待った、待っていた。でも、約束の時期がきても姿を見せることはなかった」

「なんとお互いに苦労したことよ」

源二郎と佐希は運命のいたずらに呪《のろ》われた互いの顔を見合った。

「それでね、麻布新網町の家を畳むと亀戸《かめいど》村の方に逃げた。ほとぼりのさめるのを待って、ここに店を開いたのが二年も前……」

「……」

「疫病神《やくびょうがみ》がふたたび顔を見せたのは、ようやく客がついて商いが軌道に乗り始めたころのことだ。以来、儲《もう》けはすべて卯太郎に吸い上げられて、商売繁盛はかたちばかり……」

「卯太郎と申すのか、金戸様の倅は」

「女にたかって生きてきた毒虫のような手合いよ、始末に困る」

「今も卯太郎は店に来るのだな」

「博奕《ばくち》の金に困るとやってきて、亭主面《づら》して上がりこむ。それで金ばかりかわたしの体までも卯太郎の野郎、自由にしていきやがる」

佐希が源二郎から目を逸《そ》らして吐き捨てた。

なんと佐希は人吉藩が撒《ま》いた種を背負って苦労していた。

源二郎の胸の奥に怒りが宿った。

「卯太郎がくるのは、いつのことか」

「明日にも来るよ。いつも店終《じま》いの五つ（午後八時）ごろにきて泊まっていく」

「帰るのは何時だ」

「夜明け前に姿を消すけど」

佐希がどうしてという顔で源二郎を見た。

「始末させてもらおう」

佐希は長いこと黙って源二郎の顔を見ていた。

「そなたの苦労は人吉藩が負うべきものだ。おれにも関係ないことではない。金戸卯太郎が、この店に顔を出すのはこの次が最後……」

佐希の顔に明るさが走った。

「源の字、卯太郎は居合い抜きの達人だそうだよ。それに島帰りの子分をいつも連れて歩いている」

「明晩からこの家を見張っておる。いつも通りにして、そ奴を送り出せ」

源二郎の胸にも小さな希望の光が点じていた。

二

芝の切り通しの時鐘か、五つ（午後八時）の鐘が品川に響いてきた。

数馬源二郎が料理茶屋さきの門前を見張るようになって三日目のことだ。

源二郎は、法禅寺の山門の暗がりに近江守忠吉二尺三寸四分を抱いて潜《ひそ》んでいた。

佐希と再会した夜、深川一色町の長屋に戻ると破れ布団の間に差し込んであった大小を取り出した。

長屋の井戸端で水を頭から被《かぶ》って日中の汗を流すと、盥《たらい》に水を張って長屋に持ち込んだ。商売道具の砥石《といし》を並べ、目釘《めくぎ》を抜くと柄《つか》と鍔《つば》を抜いた。

源二郎の体内に久し振りに緊張が漲《みなぎ》って、近江守忠吉の刃を水に濡《ぬ》らした。

細心の集中力で研ぎ上げた脇差《わきざし》が源二郎の腰に、忠吉が手にあった。

ふいに料理茶屋さきの門前に不釣り合いの三人の男が立った。

元人吉藩勘定方頭取金戸幹之進の嫡子《ちゃくし》卯太郎と島帰りの手下の二人が姿を見せて、店の奥に消えた。

卯太郎は黒の着流し、その痩身《そうしん》から悪の匂《にお》いが漂ってきた。

源二郎はすぐにも飛びこもうとする、おのが衝動を必死で抑えた。料理茶屋のなかで斬り合いになれば、佐希に迷惑がいく。佐希のしなやかな体を金戸卯太郎が凌辱《りようじよく》する光景を妄想しながら、じりじりと時が来るのを待った。

さきの門前に三人が姿を現したのは七つ（午前四時）の刻限だ。

「また来るぜ」

玄関に佐希が見送りに出たのか、子分の一人がそう言い残して卯太郎に続いた。

卯太郎ら三人は北品川宿の畑作地の間の道に入って行った。

北側には御殿山の黒々とした森がこんもりと見える。

腰に忠吉を差し込んだ源二郎は先回りして待つことにした。

寺の塀と畑の間の道に三人の影が現れた。

腰に大小の重さを感じながら、源二郎は立っていた。

三人の足も止まった。

源二郎を闇《やみ》を透かして見ている。

「人吉藩の門葉一族の金戸卯太郎だな」

「てめえはだれでえ」

「元人吉藩士数馬源二郎」

卯太郎が息を飲み、

「あの異風者《いひゅごろ》か……」

とつぶやいた。どうやら源二郎のことを知っているらしい。

「おめえは仇討ちの身って聞いたがな」

「子細があって仇討ちは中断じゃ」

事情を言い聞かせるいわれはない。

「親父の妾《めかけ》に金で雇われたか」

「女が主《あるじ》の店の上がりをかすめてきたようだな。かりにも人吉藩の武家の家に育った
そなたじゃ。恥ずかしくはないか」

「てめえらのおかげで金戸の家は潰《つぶ》れた。親父の昔の女にたかってどこが悪い」

「金戸様を殺した小者を討ったのはそれがしじゃ。おぬしに感謝されこそすれ、恨み
に思われる筋合いはない」

「おめえが親父の敵を討っただと……」

卯太郎が小馬鹿にしたように笑った。

「卯太郎、佐希への無心は今晩が最後じゃ。二度とあの店には顔を見せるでない」

「異風者、おめえは師匠の妻女の腰巻まで洗って、棒振りを習ったそうだな。高《たか》が知
れた腕でよ、でけえ口を叩《たた》くんじゃないぜ」

「そなた、上覧試合のことを聞いたことはないか」

「人吉なんて田舎《いなか》でよ、田吾作《たごさく》同士が竹刀《しない》を振り回しただけのことじゃねえか。勝った負けたもあるまい」

「試してみることじゃな」

島帰りの悪党二人が懐《ふところ》から匕首《あいくち》を抜くと機敏に左右に分かれた。

修羅場《しゅらば》は存分に潜《くぐ》ってきたとみえ、動きに無駄がない。

右手の一人は匕首を両手で握り、腰のあたりにつけた。

今一人の男は大きく広げた両手の間を匕首を投げ渡し、投げ返しては、間合いをとっている。

身を守るために刃物を使うのではなく、相手を殺すために使う連中だ。

源二郎は肥前国近江守忠吉を静かに抜き、脇構えにとった。

「愛洲陰流、そなたらの命を絶つにはちと惜しい」

「しゃらくせえ!」

叫んだのは匕首を両手に弄《もてあそ》んでいた男だ。

刃物を左手に持ち直した。

だが疾風《はやて》のように飛びこんできたのは両手に保持した匕首を腰にしっかりとつけた

男だ。

源二郎の剣が動いた。

が、この一年、刀を使ってない悲しさ、反応が鈍かった。

相手は斜に回された源二郎の忠吉の内側に入りこむと、体ごとぶつかるようにして両手の匕首を突き出してきた。

源二郎はかろうじて半身に躱《かわ》して匕首を避けた、と思った。

だが脇腹をえぐられていた。

痛みが走った。

が、新手が迫っていた。

剽悍《ひょうかん》にも片手の匕首を逆手に、源二郎の喉首《のどくび》を掻《か》き上げるようになで斬ってきた。

源二郎はなんとか返した刀で払った。

同時に横手から両手の男が突っ込んできた。

見えたわけではない。

殺気が押し寄せてきた。

源二郎は、近江守忠吉を大きく回転させた。

千葉道場で修行した勝負勘が自然と源二郎を動かしていた。

横に回した刀の切っ先が無言で迫ってきた男の両腕を斬り飛ばした。

ぎえっ！

絶叫が響いた。

「糞《くそ》っ！」

確かめる暇はない。

「野郎！」

視線を動かした。

その鼻先に男が迫っていた。

源二郎は咄嗟《とっさ》に履いていた草履《ぞうり》を相手の顔に向けて飛ばした。

男は顔を背《そむ》けて避けた。それが男の敗因となった。

源二郎は地擦りから斬り上げた。

同時に匕首の切っ先が源二郎の袷《あわせ》の袖を斬り裂き、かたわらを風のように駆け抜けた。

男はつ、つ、つと走ってこちらを向き直った。その時、源二郎の振るった地擦りが大腿《だいたい》部を深々と斬り裂いていることに気付かされた。

男は悲しげに顔を歪《ゆが》ませて倒れこんだ。

源二郎はひとつ息をつくと、戦いの行方《ゆくえ》を懐手《ふところで》のまま見守っていた金戸卯太郎に向き直った。

卯太郎は黙って居合いのかたちをとった。

「流儀はなんだ」

源二郎の問いに卯太郎は感情を押し殺して答えた。

「水鷗流《すいおう》」

源二郎にかすかな知識があった。

流祖は越後生まれの三間与一左衛門《みつまよいちざえもん》、流派の特徴は、

「万法一如、神人合一、天地一枚……」

の無我の境地に達することにあった。

古風にして独創、卯太郎が自ら自慢するとおりに達人ならば、難敵だ。

卯太郎は刀の鯉口《こいぐち》を切って体の前に横にして構え、腰を沈めた。

源二郎は、右肩に近江守忠吉をまっすぐに立てた。

匕首に抉《えぐ》られた脇腹がはげしく痛む。

間合いは一間半。

「異風者《いひゅごろ》、冥土《めいど》の土産《みやげ》にひとつだけ教えておこう。親父がなぜあの日、座敷牢から逃

げられたか、考えてもみねえ。おめえを雇った上役方はよ、門葉を裏切った親父を利用するだけすると、おめえに始末させるためにわざと逃がしたのよ」

「実吉作左ヱ門様はそのようなお方ではない」

「そのうちおめえも親父と同じ道を辿《たど》ることになる。いや、待てよ、てめえが仇討ちに出されたってのは、裏があるんじゃねえか」

「ざれごとを弄《ろう》するではない」

卯太郎はにたりと笑うと沈黙した。

両眼を細めると無我の境地に入っていった。

（人間はくずだが、居合いの腕はなかなかのものだ）

源二郎が傷を負わせた悪党の一人が、

「金戸の旦那、医者のところに連れてってくれ」

と哀願した。

「救いを求めても無理じゃ」

源二郎は、卯太郎を見据えたまま言った。

「こやつの父は、同志たる門葉の方々をも裏切られた。この者の体にも裏切り者の血が流れておる。傷を負った仲間のことなど、もはや考えておらん」

「旦那、たのむ！」

卯太郎の顔は、憤激で真っ赤になった。

「おのれ！」

叫びながら、つ、つ、つっと前進してきた。

怒りのままに攻撃に移った。

体の前の刀が鞘走《さやばし》った。

間合いに入り、死線を越えた。

源二郎は卯太郎の動きを見詰めながら、存分に斬り下げた。

（居合いは鞘のなかで勝負を決する）

という。

平静を失った分、太刀風が乱れた、遅れた。

源二郎の胴をなぎ斬る卯太郎の走り技と、源二郎の袈裟《けさ》掛けが交錯した。

ふいに動きを止めたのは卯太郎だ。

そのかたわらを源二郎が走り抜けた。

源二郎が無意識のうちにくるりと回転した時、卯太郎の腰が砕け、どたりと朽ち木が倒れるように地面に頭から突っ込んでいった。

「生き残った……」

源二郎の実感だった。

痛みが蘇《よみがえ》った。

源二郎が切られた衣服の下から手で触ると、傷口に指が二本ずぶりと入った。

深手だ。

（佐希……）

闘いの場から逃れるように料理茶屋さきに戻り、裏口の戸を叩いた。

下女が顔を出し、奥に向かって叫んだ。

佐希が飛んで出てきた。

「終わった……」

「……源二郎」

源二郎の意識はそこで途絶した。

おぼろに意識が戻ったのは、傷口を縫い合わされる痛みのためだ。

佐希の祈るような顔が間近に見えた。

次に源二郎が気付いたのは、朝の光のなかに憔悴《しょうすい》して座す佐希の横顔だ。

「造作をかけたな」

佐希の顔がゆっくりと源二郎を振り向き、泣き顔に変わった。

「このまま死んでしまったら、どうしようと思ったよ」

「どれほどここにおるのだ」

「四日も生死の境を彷徨《さまよ》っていたんだよ」

「なんと四日も……すぐにも長屋に戻る」

源二郎は身を起こそうとした。

「どうして長屋に戻るのよ」

「女所帯に迷惑であろう」

佐希が源二郎の体を抱きとめると、

「馬鹿！　なんで今さら、そんなこと、どうでもいいよ」

と泣いた。

源二郎がなんとか立ち上がれるようになったのは、傷を負って十五、六日もすぎたころだ。

その日、源二郎はさきの内湯に入り、久し振りに垢《あか》を落とした。

さっぱりした源二郎の許《もと》に夕食を運んできたのは、佐希自身だ。

膳部には酒までついていた。

「源の字の快気祝いだよ」

佐希が照れたように言った。

「長いこと造作をかけたな」

源二郎は改めて頭を下げた。

「水臭いね。怪我《けが》は、わたしのせいだよ」

源二郎は、佐希の酌で酒を飲んだ。

「うまか」

久し振りの酒がゆるやかに全身に回って気持ちよい。

「店はよいのか」

「ここんところ不景気でね、まともな客はこないよ。今晩は早仕舞《はやじまい》を命《めい》じてあるのさ。

源二郎と飲もうと思ってね」

「これは気がきかんことであったな」

源二郎は佐希に杯を持たせ、注いだ。

くいっと、喉を鳴らして杯をあけた佐希は、

「これで源二郎に助けられたのは二度目だね」

と絡みつくようなまなざしで見た。

「礼は十分に返してもらっておる」

「そうかな」

ふいに佐希は上体を源二郎に預けた。

源二郎の鼻孔に佐希の懐かしい体臭が広がった。

「おまえは男を惑わす女じゃ、美しすぎる。金戸様も龍三も卯太郎も、おまえの美しさに溺《おぼ》れて自滅した」

「源二郎、怖いのかい、溺れるのが」

佐希の顔がふいに上がってくると、源二郎の口を塞《ふさ》ぎ、舌先が口に入ってきた。

源二郎の頭がくらくらした。

そのまま後ろに倒れると佐希を抱き締めた。

「そう、そうだよ。今晩はおまえさんの快気祝いだよ」

源二郎の胸に獣のような心が宿った。

佐希の着物の襟《えり》を乱暴に押し広げると、柔らかな乳房に唇をつけた。

弾力のある乳房だった。

「そう、そうだよ。どうでもしておくれ、源二郎……」

「よいな、そなたの匂いはよいな」

源二郎は、着物の裾《すそ》を割ると手を差し入れた。

佐希の下腹部に指先が触れた時、女の吐息がもれてしなやかな体が弓なりになった。

「よいのじゃな」

「さあ、早く、早く抱いておくれ」

源二郎は佐希を自分の体の下に折敷くと裾を広げた。

「源二郎、なぜ早く江戸に戻ってこなかった……」

佐希の呪詛《じゅそ》のような言葉を聞きながら、源二郎は自分のものを佐希の濡れそぼった下腹部に埋《うず》めていった。

「あっ、源二郎……」

「佐希、会いたかったぞ」

源二郎は、佐希の体のすべてを支配していた。

これまで感じたこともない悦楽に身をゆだねながら、脳裏にうらめしげなやえの顔が浮かんでくるのを意識した。

三

全快した数馬源二郎は、再び研ぎ屋稼業を再開した。

それまでと変わったことがあるとすれば、二日か三日に一度、仕事帰りに佐希の店に顔を出し、二合の酒を飲みながら、台所の片隅で佐希と町で聞いたよもやま話を交わす。それが源二郎のなによりの楽しみとなった。

佐希は佐希で商いやめごとの相談や愚痴《ぐち》を源二郎に話した。そして夕食を馳走《ちそう》になり、時には閨《ねや》を共にしてねぐらに帰る。

佐希は、源二郎に品川に引っ越してこないかと誘ってくれた。

源二郎は自分が一緒に住み始めたら、商売に差し支《つか》えるであろうと遠慮した。また嫉妬《しっと》深いやえがどのようないたずらをするか、かなわないとも思った。

それに、どこか仇討ちを諦《あきら》めきれない思いが残っていた。そんなことを考えて長屋での独り暮らしを続けることにした。

ともあれ、大望を失った源二郎の心の支えは佐希の存在だった。

二十八歳の源二郎にはどこか虚《うつ》ろでどこか満ち足りた日々がゆるゆると続いた。

深川一色町の長屋の住人たちが研ぎの仕事のかたわら、子供に竹とんぼを作ってやる源二郎を見て、噂し合った。

「研ぎ屋の旦那、えらく愛想がよくなったと思わねえかい」

「こないだまでよ、怖いような顔で仕事に出ていくと思ったらよ。急にしなびたみたいにしょんぼりしやがった。それが急に若返ったじゃねえか」

「着るもんだってさ、こざっぱりしてきたよ」

「三日に一度は、酔って戻ってくるよ」

「なんだか、にたついているようにも見えるぜ」

「敵討ちを諦めたんじゃねえか」

「ほんとに敵討ちだったのかね」

「女ができたんだよ」

「研ぎ屋にかい」

それほど源二郎の暮らしぶりは変わった。

天保十二年十一月、倹約令を進める幕府は祭礼での芝居、見せ物興行を禁じた。将軍が上覧するので天下祭りと呼ばれた神田明神の祭礼の山車《だし》づくしも禁止になった。

江戸はいよいよ火が消えたようになり、不満ばかりが積もった。

「源の字、頼みがあるんだけど」

佐希がいつものように台所の片隅で酒を飲む源二郎に言った。

「最初から支払いを踏み倒すつもりでさ、店に上がる客が急に増えてね。掛け取りに回っても女ひとりと見くびったか、泣き言いったり、脅《おど》しまがいの言葉を吐いたりで一文も支払ってくれないのさ」

「なにか手立てはあるのか」

源二郎は佐希の頼みを聞くつもりで顔を上げた。

「掛け取りにいく時、一緒《いっしょ》についていっておくれよ」

「役に立つかな」

「源二郎が二本差したところはなかなかの貫禄だもの。お侍のおまえさんに用心棒みたいなことはさせたくないが、背に腹はかえられない。さきが潰《つぶ》れるかどうかの瀬戸際だもの」

佐希は悩んだ末に源二郎に相談したらしい。

「大口はどこかな」

「京橋の小間物屋が十七両の掛け金があるけど……」

「小間物屋なあ」

「不満かい」

「せっかく看板を挙げるんだ。人の噂になるような取り立てがいいな。小間物屋では腕の振るいようもない」

佐希が呆《あき》れた顔で源二郎を見た。

「品川宿を仕切る土蔵《どぞう》上総《かずさ》の巳吉《みのきち》親分には三十七両もの貸し金が溜《た》まっているけど」

「何者だ」

「表は女郎屋をやりながら、品川宿を陰から仕切る博徒《ばくと》の親分の一人さ。新規の店にはどこにもさ、みかじめ料を取り立てに子分を寄越《よこ》して、飲み食いしていく。これまで何度も派手に遊ばれて、一文も払ってもらったことがない」

「それはあこぎだ」

「どこの店も金は払ってはもらいたい。けどさ、浪人者の用心棒を飼っているもの。だれも掛け取りに行けはしないよ」

「よし、それだ。これまでの書き付けをそっくり出してくれ」

「本気かい」

「心配いたすな。金戸の時のような失敗は二度とせん。きれいに始末をつけてやる」

源二郎は遊び人と侮《あなど》って怪我をしたことを悔いていた。

「明日、参る。じゃが、行くのはそれがしだけだ」

「源の字だけで……」

「そなたは客商売、取り立てに顔を見せたのでは商いにさわる」

「ほんとに源の字ひとりでいいかな」

佐希はそういいながらも書き付けを帳場から持ってきた。

都合七度ほどの飲食料は三十七両と二分になっている。よほど派手に遊んだものとみえる。

源二郎は、書き付けを丁寧《ていねい》に畳むと懐に入れた。

「心配いたすな、お佐希さん」

翌日の昼下がり、侍に戻った数馬源二郎の姿が品川宿にあった。

歩行《かち》新宿、北品川、南品川の三宿を総称して品川宿という。

東海道を参勤交代《さんきんこうたい》する大名の百四十六家も品川を出入り口とするのだ。駅馬の数も多く、旅籠《はたご》の数も大小九十三軒とあった。さらには北の吉原に対して、南の遊郭としても栄えていた。

そんな北品川宿の真ん中に間口八間の大見世《みせ》、土蔵上総の表に立った。まだ客の上がる時刻ではない。

気怠《けだる》いような空気が見世のあちこちに漂っている。

源二郎は広々した上がりがまちに立って、久し振りに熊本の遊郭の苦い経験を思い出した。

敵討ちの旅に出たばかり、初花の言葉に騙《だま》されて、なけなしの金を遣《つか》ってしまった。いまとなれば懐かしくもある。

あれが長い旅の始まりであった。

「お侍、まだ見世は開けてねえぜ」

牛太郎《ぎゅうたろう》か、巳吉の子分か、若い三下《さんした》風情の男が源二郎の姿を見ていった。

「客ではない。巳吉親分にお目にかかりたい」

「親分は忙しい身だ。用件を聞こうか」

「いや、直接面談して話そう」

「おめえ、うちの一家に雇われてえのかい。ならば裏口から面《つら》を出すのが礼儀だぜ」

「用心棒に雇ってもらいにきたのではない」

二人が押し問答していると、兄貴分風の男と弟分たちが長脇差を片手に玄関先に姿を見せた。

「虎《とら》、見世先でなんだい。静かにしねえか」

「いやさ、このどさんぴんがさ、四《し》の五《ご》の抜かすんでな」

「侍さんに向かってどさんぴんたあ、なんてえ言い草だ」

兄貴格が源二郎を見た。

徳川の幕藩体制が成立しておよそ二百四十年、武士の地位は下落して、江戸の町民のある者たちは二本串を差した田楽《でんがく》程度にしかみていない。

「すいませんね、言葉遣いもしらねえでよ。それにしてもあんたも悪いや、こっちは夜の遅い商売だ。その見世先でもめごと起こしちゃいけねえな」

「それがしは親分さんにお目にかかりたいと申したまでだが」

「親分はさ、虎の言うとおり忙しい身だ。代貸《だいかし》の国三《くにぞう》がお聞きしましょうかい」

「代貸さんか、ならばお話し申そう。それがし歩行《かち》新宿の法禅寺門前で商いをなす料理茶屋さきの掛け取りでな、これまで溜まっておる掛け金の支払いを催促《さいそく》に参った」

「こりゃまた異《い》なことを……」

国三の形相が変わった。

「おめえ、どこにきてものを言っているんだい。昨日今日の浅葱裏《あさぎうら》でもあるめえ。ちったあ、江戸の事情に詳《くわ》しいなら、間違っても口に出せねえ話だぜ」

「代貸どのでも話が通ぜんか。親分をな、呼んでもらおう」

「野郎ども、さんぴんを畳んで品川の海に放りこんでしまえ」

国三の命《めい》が終わるか終わらないうちに、三下奴《やっこ》が匕首やら長脇差を翳《かざ》して源二郎に襲いかかってきた。

源二郎は計算ずくだ。

戸口にまで飛び下がると、立て掛けてあった心張り棒を手にした。

一閃《いっせん》二閃、棒が振り回されて長脇差が弾《はじ》き飛ばされ、脇腹や頭を抱えた男たちが土間で呻《うめ》いていた。

「やりやがったな！　先生、来てくんな」

国三が奥に向かって呼ばわった。すると様子を窺《うかが》っていた三人の浪人者が顔を見せ、その後ろに派手な友禅《ゆうぜん》染めのどてらを着た年配の男が立った。

「おまえさんが巳吉親分かな」

源二郎は心張り棒を手にのんびり聞いた。

「話は残らず聞かせてもらった。お侍もいい度胸をなすっているね。料理茶屋なんぞにいるのはおしいや。いっそ、うちに来ねえかい」

巳吉が貫禄を見せていった。

その間に用心棒の三人が源二郎を囲む位置に移動した。

「そなたのところには十分にいるようだ」

「どうしても難題を吹っ掛けようってのかえ、血を見るぜ」

「さあてどうかな。それがしが大暴れして貸し金を取り立てたと評判になれば、土蔵上総の巳吉親分の名も一気に下がる。いまのうちなら事は内輪に済む。三十七両と二分、払ってくれまいか」

巳吉の顔がどす黒く変わり、手を振った。

源二郎を囲んでいた浪人者のうち、左手の小太りが最初に動いた。

気配もなく抜き打ちにすると、源二郎に振り下ろしてきた。

大見世の天井の高い玄関先だ。大刀の切っ先が棟木に食いこむ恐れはない。

源二郎は心張り棒を捨て、右手に飛んだ。飛んだ時には肥前国近江守忠吉二尺三寸四分を抜きながら峰に返して相手の脇腹を痛打していた。

骨が折れる音が不気味に響いた。

空《くう》を切らされた小太りの浪人が迅速《じんそく》に身を転じた。同時に、残る巨漢と源二郎を挟撃するように襲ってきた。

源二郎は斜に回してくる小太りの剣を撥《は》ね上げると、肩口と首の間を一撃した。

「うっ！」

悲鳴を上げた浪人者は土間に転がった。

残る一人に顔を向けた。

すると巨漢は意外にも尻込《しりご》みするように後退した。

「先生！　なんのために飲み食いさせてんだい」

巳吉が声を荒らげた。

源二郎は戦意の萎《な》えた浪人者には構わず、巳吉に突進して近江守忠吉の鋒《きつさき》を喉首に突き付けた。

「いらざることをするではない。それがしは真っ当な掛け金を取り立てに参ったまでだ。それとも無益な血を流すつもりか」

「野郎！　親分になにをしやがる」

国三たちが騒ぎ立てたが、その場を制しているのは源二郎の腕と気迫だ。

「親分、騒ぎが大きくなればなるほど、おめえさんの名は廃《すた》るぜ」

土蔵上総の前には早くも騒ぎを聞き付けた品川の住民たちが、大きく開かれた戸口越しにのぞいていた。

「待て、待ってくれ。金は払う」

「それはよい思案じゃ」

子分の一人に金を取りに行かせた巳吉はぺたりと上がりがまちに座りこんだ。

「親分さん、意趣返しに法禅寺前のさきに押しかけるならそれもよし。今度はな、峰に返さずに相手になる。命を覚悟して参れ、相分かったな」

巳吉ががくがくと首を縦に振り、源二郎は三十七両二分の代わりに書き付けを親分の鼻先に突き出した。

源二郎はその日からさきに泊まりこんだ。

巳吉たちが手勢を率いて押しかけてくるかと待ったが、どうやら来る気配はない。日頃のあこぎな評判とあいまって、品川の一件は読売《よみうり》にまでなった。新たな掛け取りが何人も土蔵上総に押しかけたとか、もはや巳吉の博徒としての名は落ちたも同然だ。

取り立ては源二郎の読み以上の結末を迎えた。

四

天保十三年（一八四二）、阿片《あへん》戦争の結果、清《しん》国は敗北してイギリスに門戸を開いた。

鎖国《さこく》を続ける幕府は、次は日本の番だと戦々恐々としていた。

天保十四年、将軍家慶は六十七年ぶりに日光社参を催し、幕府の威光を示そうとしたが、もはや弱体化した屋台骨を取り繕《つくろ》うことはできなかった。

源二郎は月末になると佐希の供をして掛け取りに歩いた。だが、その家の敷居を跨《また》ぐのは佐希だけだ。彼女がにこやかな顔をするだけで相手は金を支払った。

佐希も強引な取り立てはせず、穏《おだ》やかな態度で話によっては分割払いにも応じた。もはやさきの借金を踏み倒すような客はいなくなった。

源二郎は佐希の役に立つ自分に満足して、日を過ごしていた。

弘化《こうか》三年（一八四六）五月、三十三歳になった源二郎は横浜を見物したいという佐希の供で見物の旅に出た。新時代の風を逸早《いちはや》く受け入れようとしている新開地には異国の珍奇な品物があふれて、佐希を珍しがらせた。

その足で二人が回ったのは浦賀《うらが》だ。

この年、アメリカ国の艦隊が浦賀に押しかけ、幕府を脅《おびや》かしていた。

源二郎は、初めて触れる異国の軍艦に仰天した。

アメリカ東インド艦隊は開国の意思を幕府に確かめにやってきたのだ。

戦艦コロンバス号は、二千四百八十トン、全長三十二間（約五十八メートル）余、三本の帆柱の横桁に赤毛の水兵たちが並んで、ましらのように動いている。四間（約七メートル）の高さの両舷では大砲七十六門が砲口を陸に向けていた。

「佐希、なんという大きさだ」

軍艦の周りには漁民たちの小舟が群れ集まって、巨艦から投げられる異国の菓子などを競って奪い合っていた。

「戦になったら徳川様は一溜《ひとた》まりもないね」

佐希の言うのを聞きながら、源二郎は異国の地に逃亡した五郎丸稔朗のことを漠然と考えていた。

三十八歳になった佐希から、

「そろそろ一緒に住まないかい」

と源二郎が話しかけられたのは、安政《あんせい》二年十月二日の夕暮れのことだ。

「急にどうしたのだ」

「やや子ができたようなの」

佐希が恥ずかしそうに顔を赤らめた。

「なんと赤子がな」

源二郎には思いもしない授《さず》かりものだった。

「いつ生まれるな」

「来年の春には……」

「佐希、女がよいな。そなたに似た子を産んでくれ」

「一緒に住んでくれるのね」

「住むも住まんもない。夫婦ならば当たり前のことじゃ。長屋の整理をしたら、引っ越して参る、よいな」

佐希が晴れやかに笑った。

源二郎は、その夜の四つ（午後十時）過ぎ、朗報の余韻《よいん》に浸《ひた》りながら、一色町の長屋で眠りにつこうとしていた。

（明日にも長屋住まいを整理せねばならんな）

そんなことを考えながら、両眼を閉じた。

どすーん！

長屋ごと持ち上がり、次には天井が歪んだ。

源二郎は布団と一緒に根太《ねだ》の落ちた床下に転がり落ちた。そこへ屋根が落ちてきた。

何事が起きたか。

理解のつかないまま、源二郎は体の上に落ちてきた物の隙間《すきま》を見付けて這《は》い出した。

手に大小だけは持って出たのは、偶然に過ぎない。

枕元《まくらもと》に置いていた両刀が這い出す時に手に触れたのだ。

新鮮な空気が源二郎の鼻孔をついた。

あたりを見て呆然《ぼうぜん》とした。

棟割り長屋の屋根はぺしゃんこに落ちて波を打ち、火の手がちょろちょろ顔を出していた。

源二郎同様に破壊された長屋の下から現れた住民たちが呆れたように突っ立っている。

長屋ばかりではない。あたりの建物すべてが倒壊して、炎を上げ始めていた。

新たな火が勢いを増して燃え上がった。

（地震か）

ようやくそのことに気付いた。

「長屋の衆、屋根の下の者を救い出すぞ」

源二郎の言葉に、我を失っていた住民たちが一斉に動き出した。

「おい、だれがおらん」

「左官のかかあは」

「井戸端で腰を抜かしてらあ」

「下駄屋は」

「ここにいるぜ」

長屋の屋根は薄板を葺《ふ》いただけの軽いもの、それが住民を救っていた。

「糊《のり》屋のばあさんがいねえぜ」

「探せ。火が回る前に探すんだ」

糊屋のばあさんは梁《はり》の下敷きになって悲鳴を上げていた。

源二郎らは火の回りと格闘しながら、ばあさんを助け出し、長屋の住民全員で近くの稲荷神社に避難した。

安政二年十月二日、二百五十余年の歳月をかけて形作られた江戸の町は、江戸湾の荒川河口付近を震源とする直下型大地震で一瞬のうちに壊滅《かいめつ》した。

江戸時代をとおして最悪の地震の死者は七千余人、重傷者二千人、倒壊家屋一万四千余戸であったという。特に被害がひどかったのは本所、深川、鉄砲洲、築地、浅草一帯であった。

（佐希は、品川はどうなっておる）

ふとそのことに気づいた源二郎は、深川一色町から歩行新宿を目指して走り出した。

わずか一刻《いっとき》（二時間）ばかり前に戻ってきた道筋は押し潰された家屋や土蔵で消え失《う》せ、その上、猛煙と紅蓮《ぐれん》の炎が舞っていた。

血塗《ちまみ》れの母親の手をとって、泣き叫ぶ娘がいた。

魂の抜けたような表情の女の背におぶわれた赤子はぐったりして、生きているとも思えない。

「助けてください」

「水、水をくれねえか」

至る所で人が傷つき、死んでいた。

阿鼻叫喚《あびきょうかん》の地獄とは、こんな世界か。

源二郎は津波を恐れて山側に走り、ひたすら品川を目指した。

どうやら料理茶屋さきと思《おぼ》しきところに辿《たど》りついたのは、地獄の様相がさらにはっきりし始めた夜明けの刻だ。

崩壊した建物に火が回り、どうやらそれも燃え尽きようとしていた。

燃え残った竹塀のかたわらに、見覚えのある石灯籠《いしどうろう》とつくばいが見えた。

（佐希……）

異臭の混じった朝靄《あさもや》をついて、顔を真っ黒にした女が立ち現れた。

「おいちじゃないか」

さきの住み込み女のひとり、おいちが寝間着の裾を引き摺《ず》って立っている。

「おい、佐希は無事か。どこにおる」

おいちは源二郎の言葉を聞くと、わあっと泣き出した。

「しっかりしろ。佐希はどうしたと聞いておるのだ」

源二郎は女の肩に手をやり揺すった。頰《ほお》べたを叩いてみた。

「おいっ」

ふいにおいちは正気を取り戻したように、

「女将さんが家の下敷きになりなすって」

と言った。

「それで佐希はどうした、どうなったのだ」

「もの凄《すご》い炎が女将さんの体を包んでどうにも……」

源二郎はぺたりと座りこんだ。

「……女将さんは旦那の名を呼びながら死になすった」

（佐希がおれの名を……腹のやや子はどうなった）

源二郎は気が狂ったように、佐希の名を呼び、まだ熱い瓦屋根《かわら》を手でどかし始めた。爪《つめ》が割れ、血が滲《にじ》んだ。

（おいちは気が動転して不確かなことを言っておるのかもしれん）

源二郎は佐希の姿を求めて、避難民たちが集まる品川の寺々を聞き歩いた。そしてまたさきがあった場所に戻った。

三日目、源二郎は、佐希の寝所があった場所から黒こげの亡骸《なきがら》を一体、探し当てた。かたわらには燃えたせいで歪《いびつ》になった銀かんざしがあった。

平打ちの細工ものは、源二郎が贈った品だ。

（佐希は死んだ、おれの名を呼びながら死んだ……）

源二郎は、その場に穴を掘った。そして燃え残った着物にくるんだ佐希の亡骸を埋めた。

汗臭い袷《あわせ》の懐に佐希の思い出の銀かんざしを抱いた源二郎が、歩行新宿から一色町に戻ったのは、地震の夜から十日も過ぎたころだ。

「研ぎ屋の旦那、戻ってきたのかい」

左官の九蔵が長屋跡に建てた掘っ立て小屋から顔を突き出した。

「行くところがないでな」

「おめえもねぐらをこさえねえな。なあに、あの地獄を生き抜いたんだ。なんとかなるさ」

「そうだな、そうだとも」

源二郎はただ考えもなくそう答えていた。

第六章　明治の斬り合い

一

数馬源二郎は激動する時代を抜《ぬ》け殻《がら》のように生きていた。

安政《あんせい》二年の大地震は江戸幕府が壊滅《かいめつ》する前ぶれであった。

江戸幕府開闢《かいびゃく》以来、鎖国《さこく》政策を守ってきた日本に、諸外国が次々と開国するように求めた。

大地震の前年の嘉永《かえい》六年（一八五三）にはふたたびアメリカ東インド艦隊四隻が浦賀に現れ、幕府を仰天させていた。このペリー艦隊の外圧に屈した幕府は、翌年、日米和親条約を結ぶことになる。

安政七年（一八六〇）には開港を断行しようとした井伊《いい》大老が桜田門外で暗殺され、徳川幕府はさらに崩壊の途《みち》を一歩進んだ。

幾多の混乱と戦乱の後、十五代将軍徳川慶喜《よしのぶ》は大政奉還を決意した。徳川の御世は終わった。

明治天皇が即位され、王政復古がなった。

数馬源二郎は、再建された深川一色町の裏店《うらだな》に住まいながら、むなしく研《と》ぎ屋の仕事を続けていた。

佐希が死んだことは源二郎にとって敵討《かたきう》ちをあきらめた以上の衝撃であった。

明治五年（一八七二）五月七日、芝車町まで仕事の足を延ばした。

新しくなじみとなった料理屋が源二郎の研ぎにほれて、店の刃物を任せてくれる。その帰りに芝から品川一帯を流して歩くのが習慣になっていた。時には、佐希の菩提《ぼだい》を弔《とむら》った法禅寺に立ち寄り、小さな墓の前で長い時間過ごすこともあった。

その日、得意先の通用口には錠が下りていた。店が開く時間には早かったかと海っぺりで待つことにした。すると、東海道をぞろぞろと品川方面へ人がいく。

行く手からは源二郎が聞いたこともない甲高《かんだか》い音が響いて、歓声の合間に楽隊の演奏も聞こえてきた。

源二郎は騒ぎに誘われるまま、ふらふらと人の群れに従った。

大勢の人の頭の上に黒光りした鉄のかたまりがあって、白い蒸気と煙を力強く出していた。その後方には馬車の何倍も大きな屋根付きの車両が連結されていた。

（ああ、これが噂《うわさ》に聞く陸蒸気《おかじょうき》か……）

道具箱を担《かつ》いだ源二郎は新装なったばかりの品川ステーションの裏側の柵《さく》に歩み寄った。新緑の桜の木の向こうに動輪を光らせた陸蒸気が出発を待っている。

源二郎は佐希と一緒に浦賀でアメリカの軍艦を見たときと同じ衝撃にうたれていた。新橋、横浜間を走る日本初めての鉄道の開通式は、この年の九月十二日に新橋ステーションに明治天皇をお迎えして催《もよお》されることになる。が、それに先だって五月のこの日より品川、横浜が仮開通し、翌日からは営業が開始されるのだ。

源二郎は仮開通の出発を目撃しようとしていた。

乗降場にも車内にも着飾った招待客が興奮の色を隠しきれずに立ったり、座ったりしていた。長い車両を引く陸蒸気のまわりを機関士が最後の点検をしてまわった。

日傘を翳《かざ》した西洋の女がふいに源二郎らの見物する乗降場に姿を見せた。白い肌、栗色の髪、腰から下にはふんわりとした鮮《あざ》やかな巻衣裳《いしょう》を身につけていた。退屈でもしたのか、扇子《せんす》を使いながら堂々とかっ歩して歩く様子に源二郎は目を見張った。

婦人の跡を若い男が追ってきた。洋装姿も板についた日本人のようだ。男はステッキを腕にかけると女の日傘の下に顔を寄せ、唇を合わせた。

源二郎のまわりの見物客から喚声が上がった。

「ありゃね、エゲレス人のモレル技師の片腕でさ、三村聡太郎《みむらそうたろう》とかいう、あちら生まれの技師さんだってよ。女はロンドンとかで結婚した奥方様だとか……」

物知りが仲間に喋《しゃべ》っている。

三村聡太郎が女の肩を抱くと、空を見上げるように源二郎の方に顔を見せた。

自信に満ちた、精悍《せいかん》な風貌《ふうぼう》に鼻髭《はなひげ》が似合っている。

源二郎の眠っていた記憶を聡太郎の風貌は揺り起こした。

（そんなはずは……）

源二郎は自分の年齢に気付き、頭に浮かんだ幻想を打ち消した。

五郎丸稔朗が生きていれば、源二郎より三つ上の六十二歳。

三村聡太郎の風采《ふうさい》はどうみても二十七、八、であった。

（時代は変わった、将軍様さえその座を追われたのだ……）

おれだけが時代に取り残されて生涯を終えようとしている。

人間には持って生まれた運命《さだめ》がある、そいつが人の一生を決めてくれる。長屋暮らしの間に身に染みついた考えを源二郎は胸に思い出していた。

「聡太郎、エリザベス……」

夫婦の名を呼ぶ声がした。

車両の扉が開いて紋付き羽織袴《はかま》の老人が二人の立つ乗降場に下りてきた。断髪の頭に山高帽子をかぶった老人は踝《くるぶし》まで覆う革靴を履《は》いて、腰には両刀をたばさんでいた。維新政府が庶民《しょみん》の帯刀を禁じたのは明治三年。大礼服着用者、軍人、警官以外の帯刀が禁止されるのは明治九年のことだ。

和洋の入り混じった格好をした老人は、若い二人に近付くと異国の言葉で話しかけた。

「あの老人が鉄道敷設の陰の功労者、三村総兼《ふさかね》男爵だよ」

先ほどの見物客の声が源二郎の耳に届いた。

老人が顔を源二郎の方に向けた。

（なんと生きていた……）

名前を三村総兼と変え、男爵の地位にまで上りつめていた。

陸蒸気が人の耳をつんざくような汽笛を鳴らした。

男爵一家は一等車に乗りこんだ。

もう一度、汽笛が鳴らされて白い蒸気があたりに吐き出され、鉄輪が力強く動きだすとイギリス製のタンク150形蒸気機関車は品川ステーションをあとにゆっくりと出発していった。

数馬源二郎は、三村総兼と名を変えた老人一家が戻ってくるのを気長に待った。

三人の男女は、顔に興奮を残して品川に戻ってきた。

ステーション前には馬車が待っていて、東京と名を変えた町をかろやかに一橋通りの屋敷まで三人を運んでいった。

名を三村総兼と変えた五郎丸稔朗は、男爵の地位に上りつめ、元の老中堀田備中守《ほったびっちゅうのかみ》正睦《まさよし》の上屋敷《かみやしき》ちかくに明治政府から敷地を寄贈されて豪壮な屋敷を構えていた。


その夜、深川一色町に戻った源二郎は、長屋暮らしの始末を終えた。

次の日から源二郎は研ぎ商いをする振りをして一橋通りの屋敷の木戸口を見張った。

おかげで屋敷に出入りする魚屋は、源二郎の得意先のひとつ、神田の魚八だということが分かった。

翌日、魚八を訪ねて、魚八の主人や職人たちから三村男爵家の諸々《もろもろ》を聞き出した。

加賀藩の御手船に乗り組み、海外に渡ってシャムで姿を消した五郎丸稔朗は、三十余年後、明治政府が近代化の象徴として取り入れた鉄道敷設に深く関わり、その息子の三村聡太郎とともにその功績を高く評価されていた。

そのような技術をどこで覚えたか、源二郎には関心はなかった。

天保《てんぽう》八年、肥後人吉で家族三人と若党《わかとう》ら二人を暗殺して逃げた五郎丸稔朗への恨みが冴《さ》え冴《ざ》えと頭にあった。

源二郎の夢を潰《つい》えさせた憤激が胸に渦巻いていた。

五郎丸稔朗の犬の散歩の習慣を喋ってくれたのは、魚八の職人の一人だ。

そこで次の朝、早朝から屋敷を見張ると、五郎丸は朝の六時前後と夕暮れに秋田犬の散歩に出ることが確かめられた。

犬の綱を引くのは若い書生だ。

その他の外出には馬車が使われた。

長屋の最後の夜、剣の師匠《ししょう》刈谷一学から贈られた肥前国近江守忠吉二尺三寸四分を丁寧《ていねい》に研ぎにかけた。

それですべての支度は終わった。

夜が白んだ。

どうやら雨模様の一日らしい。

明治五年五月十日朝五時、一文字笠《がさ》を頭に載せ、着古した単衣《ひとえ》に道中袴に草鞋《わらじ》がけの数馬源二郎は、肥前国近江守忠吉と無銘の脇差《わきざし》を腰にたばさんで江戸城の一ツ橋御門と雉子橋《きじばし》の間に残る四番明地の前に立った。

両刀が重い。

両の脛《すね》にはぼろ布がぐるぐると巻いてあり、懐《ふところ》には黄ばんだ仇討赦免状《あだうちしゃめんじょう》が用意されてあった。

堀からうすい靄《もや》が立ち上っている。

朝の光が差すまでにはまだ半刻《はんとき》ほどの余裕があろう。

雨の中、濡《ぬ》れそぼって立っていると、長年の座業の報《むく》いの腰に痛みが走った。

源二郎はとんとんと腰のあたりを叩《たた》いた。

その時、小雨をついて、はあはあ、と荒い息を吐く犬が書生を引き摺《ず》るように姿を見せた。

その後に洋傘を差した五郎丸稔朗が悠然と従っている。

源二郎は刀の下げ緒でたすきをかけた。

秋田犬が源二郎の気配を感じたか、立ち止まって低い威嚇《いかく》の声を上げた。

書生が必死で制止しようとしていたが、ずるずると接近してきた。

「丸！」

両刀をたばさんだ、編み上げ靴の老人が叫んだ。すると犬は威嚇の声を止めた。

「御無礼をしたな」

飼い主が鷹揚《おうよう》に源二郎に謝った。

「久《ひさ》しやな」

「わしは三村総兼じゃが、顔見知りか」

源二郎がゆっくりと破れた一文字笠を脱ぐと小雨が顔にあたった。

散歩の老人はその時、相手が同じように両刀を腰に差していることに気付いた。

「男爵三村総兼と名乗っておるらしいのう」

秋田犬がまた威嚇の声を上げた。

五郎丸は朝靄を透かして源二郎を見た。

その顔が凍りついた。

「……そなたは、そなたは数馬源二郎」

「覚えておったとみえる」

「生きておったか」

「元人吉藩先手組小頭五郎丸稔朗、養父数馬赤七、姑《しゆうとめ》つね、女房やえの敵《かたき》、覚悟せよ」

名乗りを上げると書生が小さな悲鳴を上げた。

その途端、秋田犬の綱が外れた。

源二郎は犬の襲撃を予測していた。

低い姿勢から源二郎の右すねに嚙《か》みついてきた。

源二郎は嚙ませたままに両足に力を入れて踏ん張ると、顔を振って左右に振り回そうとする秋田犬の首筋に脇差を突き入れた。

悲鳴を上げた犬は、脇差を突き立てたまま横倒しに転がった。

源二郎はよろめきながらも体勢を立て直した。すねに巻いた布を見る見る血が染める。書生が屋敷に走り戻ろうという気配を見せた。

「動くでない！」

一喝《いっかつ》して書生を引き止めた源二郎は、

「さて、これでよい」

と敵に向き直った。

二

五郎丸稔朗は異国に暮らしてきた歳月を走馬灯《そうまとう》のように脳裏に浮かべた。

天保十一年（一八四〇）、腕と経験を見込まれて、加賀藩が海外貿易に送り出す銭屋五兵衛の御手船に乗船した罪人五郎丸稔朗の胸中にあったのは、恐怖に追われる日々から逃れられるという安心感だった。

執拗《しつよう》に数馬源二郎が追跡していることは、門葉の人脈を通して察知していた。

藩主から仇討ちを成し遂げた後、百四十石へ加増が約束されているという。五人扶《ぶ》持《ち》という下士の家に生まれた次男坊が百四十石への昇進の好機をそう簡単に諦《あきら》めるはずもない。ならば数年、海外に暮らすのもいいかと、シャムの港で藤木助三郎と脱船した。

南蛮《なんばん》の船に交渉して天竺《テンジク》からさらに西へと足を延ばした。

藤木が熱病で亡くなったのはエジプトという国を旅している時であった。

一人になった五郎丸はアレキサンドリア港からイギリス船に火夫《かふ》として乗り組み、本国のサザンプトン港に到着した。

一八四五年のことであった。

イギリスでは産業革命を経て、急速に近代化が進んでいた。

五郎丸稔朗はサザンプトンからロンドンへの鉄道に乗った時、西欧の科学技術の進歩に驚かされた。何百人もの乗客を乗せて馬よりも速く進んでいく。

イギリスでは一八二五年に、ストックトンとダーリントン間で鉄道会社が運営を開始したのを皮切りに、全国に鉄道網が敷設《ふせつ》されていた。

仇討ちだ、門葉だと争ってきたことが馬鹿馬鹿しく思えた。

ロンドンに落ちついた五郎丸は臨時雇いの線路工夫から始めて、鉄道を動かす技術や運営を学んでいった。学べば学ぶほどに蒸気機関車を日本に敷設したいという思いに駆られていった。

下宿近くの中国人の洗濯屋の娘と結婚して、翌年には子供も生まれた。

三年後には五郎丸の勤勉な努力が報われ、蒸気機関車の製作工場の主任にまで上りつめた。

五郎丸に運が向いたのは、イギリスのジャーディン・マセソン商会が、開港したばかりの横浜に事務所を開設、顧問兼通訳として雇われて同行することになったことだ。

だが、中国人の妻は日本に赴《おもむ》くことを拒《こば》んだ。

十八年ぶりに横浜に帰国した五郎丸が見たものは、外圧と内圧に攻め立てられ、ぎしぎしと屋台骨を揺るがす幕府の無能ぶりであり、混乱であった。

三村総兼と名を変えた五郎丸は、貿易業務を通してイギリス側の裏方として日本の近代化へ尽力した。そんな三村の頭につねにあったのは日本に鉄道を、蒸気機関車を走らせることだった。

徳川幕府が明治政府に替わった時、新政府は鉄道建設の許可を与えた。

三村の奔走によってイギリス人モレルが主任技師に決まり、マンチェスターの大学工学部を卒業した息子の聡太郎が随行してきた。

同乗した船で二人が運んできたのはイギリス製のタンク型機関車八両とテンダー型機関車の二両であった。線路はイギリスが狭軌から広軌に変えるために使われなくなった中古の狭軌線路であった。

鉄道建設作業が軌道に乗った時、明治政府はその功績に対して三村に男爵の爵位を贈った。

三村総兼と聡太郎親子にとって品川、横浜の仮開通は夢の第一歩であった。

日本じゅうに鉄道を敷く、そんな思いをあらたにした矢先、数馬源二郎が亡霊のように立ち現れたのだ。

三村の脳裏から異国での暮らしがすうっと消えた。

「そなたはこの歳月、それがしをずっと探し続けて参ったか」

二人が最後に顔を合わせたのは日向領の山奥矢立の集落であった。

「金沢で取り逃がして以来、半ば諦《なかあきら》めておった」

源二郎はぼそぼそと三十数年の年月を告げて、聞いた。

「……藤木助三郎はいかがいたした」

「エジプトという国で死んだ。風土病が原因でな、砂漠に眠っておるわ」

「片桐佑朔は熊本の遊里に戻った際に片腕を斬《き》り落として放免した。日出松太郎は、深川蛤町に待ち受けて仇を討った。藤木助三郎が異郷で亡くなったとなれば、残る仇はそなたひとり」

「おれには日本に鉄道を建設普及させるという夢がある」

「名を改《か》え、断髪にして、奇妙な履物を履いていても両刀を捨てることをよしとしなかった理由《わけ》を聞こうか」

「おれはイギリスという国で日本人を忘れようとした。異国の言葉を習い、西洋の食べ物を食べ、服装も変えた。じゃがな、日本に帰国した時、刀が無性に恋しくなった。これを差しておらんと不安で不安で堪《たま》らん。敵持《かたきも》ちであることをおれの身体《からだ》が覚えていた」

「そう、おれとおぬしはどこかで決着をつけねばならん宿命にあった」

「数馬源二郎、もはや仇討ちなど忘れてくれというても無駄であろうな」

「問答無用」

数馬源二郎は肥前国近江守忠吉を抜いた。

溜《た》め息《いき》をついた五郎丸稔朗が洋傘を投げ捨てると、風にごろごろと転がっていった。

それを見た書生が後退《あとずさ》りして屋敷に走り戻ろうとした。

もはや源二郎はとめる気はない。

源二郎は脇構えに、五郎丸は中段に構えた。

矢立集落の辻《つじ》で立ち合った時と同じ構えを二人の老人は選んでいた。

だが状況が違っていた。長引けば三村の息子や使用人たちが応援に駆けつけてくる。

小雨が源二郎の顔を濡らした。

一呼吸、二呼吸の後、源二郎が動いた。

秋田犬に嚙まれた右足を引き摺《ず》って前進した。

その時に源二郎の頭に浮かんでいた風景は、敵の五郎丸稔朗を虜《とりこ》にした陸蒸気の動輪の力強い回転だ。

シュシュシュッ……。

源二郎は陸蒸気のようにゆっくりと前進した。

五郎丸は待った。

間合いに入った源二郎は、渾身《こんしん》の力を込めて忠吉を斜に振り上げた。が、右足のふんばりが利《き》かずに体が流れた。

五郎丸は不動の姿勢から突進してくる源二郎の肩口に剣を斬り下ろした。

源二郎がよろめいたせいで切っ先は空を切った。

おたがいよろよろと行き違って振り向いた。

一撃しただけなのに源二郎の腕はすでに鉛のように重かった。

はあはあ……。

荒い息を吐きながら、切っ先を頭上に振り上げた。

「おい、年寄りが斬り合いをしているぜ。だれかよ、止めてやれよ」

朝の早い職人が堀端を通りかかって仲間に叫んだ。

その声を聞くとふたたび脳裏に陸蒸気を思い浮かべ、源二郎は歩くように前進した。

五郎丸は刀をまっすぐに源二郎に向けて突き出したままだ。五郎丸もたった一度の打ち合いに息が上がっていた。

間合いが狭まった。

五郎丸は胸元に構えた剣を前進してくる源二郎の胸に突き刺そうとした。だが、引き摺るような源二郎の右足のせいで体が大きく揺れて、狙いが定まらない。

切っ先を下げ、上げた。

その迷いの間に源二郎が、

「きえっ！」

という奇声を発して忠吉を振り下ろした。

二尺三寸四分の刃は山高帽子の縁にあたって撥ね、偶然にも源二郎の撥ね上がった刃が五郎丸の首筋にあたり、頸動脈《けいどうみゃく》を斬り裂いた。

五郎丸は小さな叫びをもらすと足をよろめかし、地面へと倒れ込んだ。

源二郎もそのかたわらにへたりこんだ。

「ふえっ……」

斬り裂かれた喉《のど》から声がもれるのか五郎丸は、風音のようなものを発し、

「げ、源二郎……」

と呼んだ。

源二郎が顔を近付けると、言葉を発しようとした。しかし喉から声がもれて意味をなさない。

源二郎は手で五郎丸の傷口を押さえた。

これで言葉が幾分明瞭《いくぶんめいりょう》になった。

「……おれが、なぜ決戦を前に深水外城《とじょう》を抜けたか、分かるか」

一息ついた五郎丸が言った。

「おれはな、深水で万頭丹後様と討ち死にしようと考えていた。じゃがな、一通の手紙がおれを唆《そそのか》した……門葉一族に決定的な打撃を与えたものはだれか、門葉を裏切って帳簿の写しを作ったのは何者か考えよというのだ」

「……」

「手紙は包囲陣からおれに届けられた」

「送り主はだれじゃ」

「記されてはおらんかった。じゃが推測はつく」

「……」

「〝長崎買い物〟に関係した門葉を処断した後、人吉で邪魔になる者はだれじゃ。国《くに》表《おもて》にはまだ門葉の勢力は残っておる。そんななか、下士出の男が百四十石の藩士に出世しようとしていた。この男、門葉を処断した経緯もすべて承知しておる……」

「……」

「……異風者《いひゆもん》の下士が藩士になる。それがどういうことか分かるな」

「それがしは邪魔者であったのか」

「手紙に唆され、数馬一家を惨殺したおれと同じように、ぬしは利用された。ぬしが人吉にいては不都合だと考えた者にな」

金戸卯太郎が最期に告げた言葉が思い出された。

「……親父がなぜあの日、座敷牢から逃げられたか、考えてもみねえ。おめえを雇った上役方はよ、門葉を裏切った親父を利用するだけすると、おめえに始末させるためにわざと逃がしたのよ」

こんな言葉を残して死んだ。

「数馬様、あなた様がどなたのお指図で動かれているのか存じませぬ。ですが、あなた様は彼らの捨て石に使われて生涯を終えることになる」

佐希も予言していた。

（が、そのような……）

「信じられんか。ならば仕方ない……」

五郎丸は奇妙な笑いを顔に残すと事切れた。

おずおずと歩み寄ってきた職人が言った。

「じいさん、天子様のお住まい近くでよ、刀なんか振り回して一大事だぜ」

見物人がいつの間にか六、七人と増えていた。

「仇討ちでござる。積年の恨みを晴らしてござる」

源二郎はそう叫ぶと再び起き上がり、五郎丸の体を秋田犬の死骸の上に引き摺って
いって重ねた。

「なにっ、文明開化の御世に敵討ちだって」

見物人から驚きの声が上がった。

「五郎丸めが、世迷《よまい》ごとを言い残しおって……」

源二郎は両足を踏ん張り、忠吉を大きく頭上に振りかぶると一閃《いっせん》させた。

五郎丸の頭がごろりと雨に濡れた路上に転がった。

悲鳴が上がった。

源二郎は五郎丸の羽織の袂《たもと》を引き千切ると、斬り落とした頭を包んだ。

「仇討ちでござる。ほれ、この懐に仇討赦免状もござる……」

源二郎は熱に浮かされた病人のように、血に濡れた戦いの場からよろよろと姿を消
した。

三

五郎丸稔朗の首に梅雨の晴れ間の光があたり、実吉作左ヱ門の風貌に似た息子の脩

吉が源二郎の前に現れた。事情を悟《さと》った脩吉は老人を玄関先から座敷に招じ上げようとした。

「何分生首《なまくび》を持参しておりますれば……」

源二郎は遠慮した。

「では奥庭へ移られよ。玄関先では無用な騒ぎも起こらんともかぎらん」

源二郎は首を袂に包み直し、脩吉の言葉に従った。

庭に三方《さんぽう》と床几《しょうぎ》が用意され、首は三方に、源二郎は床几に腰掛けた。

「頼之様がそなたに与えられた仇討ちの書き付け、借りうけてよいか」

源二郎はうなずいて差し出すと、

「父を呼ぶ。暫時《ざんじ》待たれよ」

と脩吉は姿を消した。

白湯《さゆ》が与えられた。

源二郎は白湯を喫して、喉の渇きを癒《いや》した。

三方の生首のまわりを蠅《はえ》がぶんぶんと飛び回り、五郎丸が恨めしげに源二郎を睨《にら》んでいた。

空《むな》しさが源二郎の胸中を覆った。

（五郎丸、そなたとおれ、どちらが勝ったのじゃ）

（おれは男爵まで上りつめた。だが、そなたに討たれてこの始末……）

（三十数年の江戸暮らしのはてが、この寒々した心境じゃ）

（たがいに利用されたということか）

梅雨の夕暮れが庭に忍び寄り、部屋にはガス灯が点《と》もされた。

廊下をゆっくりと歩む足音がして、老人が姿を見せた。

源二郎は見上げた。

そこには老いて、小さくなった実吉作左ヱ門が立っていた。

「……源二郎」

作左ヱ門は庭先に下りてくると、ぺたりと源二郎の前に座り込んだ。

床几を下りて平伏する源二郎の肩に手をかけた作左ヱ門の両眼からは、ぼたぼたと涙が落ちた。

「済んだか、すべて終わったか」

と作左ヱ門は言った。

「残すはご検分のみ」

作左ヱ門は三方の首の前に座して姿勢を正すと、五郎丸稔朗の顔を改めた。

「数馬源二郎、見事本懐を遂げたな」

感慨のこもった言葉を源二郎は地面に顔を擦りつけて聞いた。さらに作左ヱ門が語を継いだ。

「そなたが討ち果たした相手は鉄道建設に多大な功績のあった三村総兼男爵だ。新政府ではな、そなたを殺人者として捕縛すると息巻いておった。じゃが、頼之様の与えられた仇討赦免状と、そなたらの決闘を目撃していた書生と見物人の証言によって、三村男爵が旧人吉藩藩士五郎丸稔朗と判明した。三村男爵家ではこの仇討ちの一件を公《おおやけ》にしないことを望まれておる。この首、もはや三村の家に戻してよいな」

源二郎は承諾した。

庭に脩吉らが呼びこまれ、三方の首は家来たちによって下げられた。

薄暗い庭に作左ヱ門と源二郎がふたたび残された。

「そなたに仇討ちを許された殿は亡くなられたわ。今は頼之様ご四男の頼基《よりもと》様が県令を務めておられる」

「…………」

「源二郎、仇討ち本懐の後は百四十石に取り立てるという頼之様の約定《やくじょう》を覚えておろうな」

源二郎はかるくうなずき、作左ヱ門が気の毒そうに言った。

「じゃが時代が大きく変わったわ。もはや人吉藩はない」

「実吉様」

と言い訳する作左ヱ門を遮《さえぎ》った。

「もはや、そのようなことは……」

「……考えてないと申すか」

作左ヱ門はほっとしたように肩を落とした。

「品川にて長年の敵を見掛け、その屋敷を見張り始めて、五郎丸が大きな人物に変わったことを知りました。明治政府に用いられ、多大な貢献もなしておる。それがしは恩讐《おんしゅう》をこえて仇を忘れることも考えました。そうなれば、新政府の大きな助けとなりましょう。じゃが、作左ヱ門様……」

源二郎は言葉を切ると息を整えた。

「天保八年二月に人吉城下で殺された者たちはどうなります」

「あの騒ぎの最中、そなたの舅《しゅうと》、姑、妻女が死んだ」

「それにめし炊《た》き、若党、猟師の吾作に女房が五郎丸らの手にかかり、殺されてございます」

「そなたを江戸に随伴したばかりに……」

「……やえはわが帰りを待っていたはず」

作左ヱ門は大きくうなずいた。

「息を引き取る間際、五郎丸が奇妙なことを言い残して亡くなりました」

「奇妙なこと……」

作左ヱ門の面体《めんてい》が不安の色に染められた。

「万頭中老らと深水外城に籠《こも》る五郎丸宛《あ》てに包囲陣から手紙が届けられ、門葉を潰すきっかけとなった証拠の帳簿の写しをあなた様に提出した数馬一家の惨殺を唆したそうにございます」

「だれが、なんのためにじゃ」

「作左ヱ門様、その問いはあなた様にお返し致しまする」

「な、なんと申す」

「それがしは最初から使い捨てにされる定めでしたか」

「ぬしは五郎丸の世迷ごとを信じておるのか」

「死にいく者が残した言葉でございますればな」

源二郎はひたと作左ヱ門の顔を睨んだ。

自分の生涯を託した老人の顔が恐怖に引きつった。

「助命を約束された金戸幹之進が座敷牢を抜けたは、罠《わな》に嵌《は》まってのことでございますな。口封じにそれがしに始末させようとなされた。殿も刈谷様も、それがしの使い捨てを承知にございますか」

作佐ヱ門の老いた顔に様々な感情が走った。そして迷いを断つように訊《き》いた。

「それを聞いてなんとする、おれを斬るか」

源二郎は顔を横に振り、

「ただ真実を知りたいだけ」

作左ヱ門がふうっと溜め息をもらし、真実をな、と呟《つぶや》いた。

長い沈黙の後、作左ヱ門は覚悟したように喋《しゃべ》り出した。

「深水外城の命運がどうやら決まった時、攻撃の総指揮をとられる家老の田代政典様から殿宛てに書信が届いた。殿はそれがしに手紙を示し、相談なされた。それには落城のあとの人吉藩の混乱をどう決着させるかの意見が具申されてあった。田代様の手紙には、一連の門葉退治に功績のあった数馬赤七と源二郎親子の取扱いについて危惧《きぐ》する言辞が付されてあった。赤七は金貸しを副業としておる、婿《むこ》養子に入ったそなたは下士上がり……人吉藩に残る門葉をなだめるためにも、ある犠牲が必要とな、提言をなされておった」

「それで五郎丸を唆して数馬一家を惨殺させ、それがしを仇討ちに追い出されたというわけでございますか。そのことを殿も作左ヱ門様も受け入れなされたか」

源二郎の詰問《きつもん》に作左ヱ門は苦渋《くじゅう》の顔でうなずいた。

「師匠《ししょう》はいかが」

重ねて聞いた。

「刈谷どのはなにもご存じなかった」

弱々しい答えがもれた。

なんという結末か。

「源二郎、それがしの老首を討て」

「ぬしを殺したとて、なんになりましょうや」

源二郎はふらふらと立ち上がった。

一層小さくなった作左ヱ門が、

「源二郎、このとおりじゃ」

土下座する姿から視線を外すと庭先から玄関へと回り、屋敷の外に出た。

（なんという生涯か……）

源二郎の老いの眼から涙があふれてきた。どこをどう歩いたか、夜明けを品川の海岸で迎えた。

源二郎は海水で顔を洗った。

日の出が海を染めた。

源二郎が新しい光に向かい合った時、なぜかやえの顔が浮かんだ。

(異風者《いひゅもん》のぬしも数馬の家を利用して出世なさろうと考えられたではありませぬか。田代様も作左ヱ門様もそれは同じこと、恨みなさるな、悔やみなさるな)

ふいに源二郎の両の肩に重く伸《の》しかかっていたものが消えた。

いつも頭の片隅に宿っていたやえの形相凄《すさ》まじい顔がすうっと消えた。

(そうじゃな、おれもぬしの家を利用しようとした……)

(そうでございますよ。それに、そなたは佐希様と幸せな日々を過ごされた。これ以上、なにを……)

源二郎の記憶にあるやえが初めて笑った。

源二郎とやえは初めてなごやかに会話を交わした。

この瞬間、長い祝言《しゅうげん》の一夜がようやく終わった、と源二郎は思った。そして胸のうちで自問していた。

(異風者《いひゅもん》と呼ばれてきたが、おれは異風《いひゅ》を貫き通せたのか……)

人を殺すのは私闘であり、国家の大禁である。

敵討禁止令が太政官《だじょうかん》布告されるのは、江戸城堀端四番明地の果たし合いの翌年、二月七日のことであった。

この時、数馬源二郎がどこにいたか、だれも知らない。

解説

末國善己

〝平成の国民作家〟とも呼ばれている佐伯泰英だが、その作家活動は必ずしも順風満帆ではなかった。一九八〇年代は、船戸与一『猛き箱舟』、逢坂剛『カディスの赤い星』、佐々木譲『エトロフ発緊急電』といった冒険小説の傑作が次々と刊行され、大ブームを巻き起こしていた。同じ頃、スペインを題材にしたカメラマンからノンフィクション作家を経て小説家に転じていた著者も、長年の海外取材の経験を活かし『殺戮の夏コンドルは翔ぶ』（後に『テロリストの夏』と改題）や『復讐の秋パンパ燃ゆ』などスペイン語圏を舞台にした冒険小説を発表したが、売り上げは思わしくなかった。エッセイ「わが時代小説論」（『居眠り磐音　江戸双紙』読本』所収）にもあるように、編集者から「佐伯さんに残されたのは官能小説か時代小説だよな」といわれ、時代小説を手掛けるようになったのは、いまや有名なエピソードだろう。

こうして時代小説を書き始めた著者は、一九九九年一月に〈密命〉シリーズの第一弾となる『見参！　寒月霞斬り』を文庫書き下ろしで刊行、翌二月には、後に『悲愁の剣』と改題され、〈長崎絵師通吏辰次郎〉シリーズの第一弾となる『瑠璃の寺』を単行本で発表、『密命』は初めて増刷がかかった作品となる。ただ、これらの作品は、当初からシリーズとして構想されていたわけではなく、著者も初めての時代小説を手さぐりで書き進めていたようだ。〈密命〉シリーズがようやく三巻まで刊行され、〈夏目影二郎始末旅〉シリーズがスタートした直後の二〇〇〇年五月に発表されたのが今回新装版となった本書『異風者』で、現在のところ唯一のノンシリーズである。

初の時代小説『見参！　寒月霞斬り』は、著者自身も認めているように藤沢周平『用心棒日月抄』を意識して書かれた。そのため、密命を受け市井《しせい》で暮らし始めた金杉惣三郎が、秘剣「寒月霞斬り」を使って巨大な陰謀と戦う迫力のアクションと、長屋の住人との心温まる交流を描く人情の部分が、見事に融合していた。一九九〇年代に文庫書き下ろし時代小説のスターだった峰隆一郎が得意としていた情念とエロスを排し、正反対の〝情〟を導入したことが、バブル崩壊後の不況に苦しみ、癒しや温《ぬく》もりを求めていた読者のニーズに合致し、著者を大ベストセラー作家に押し上げていく。

だが、これは後付けの評価に過ぎない。時代小説作家として走り出したばかりの著者は、まだ〝情〟が人気の秘訣《ひけつ》になっているとの確信が持てなかったのではないか。主人公が諸国を旅する股旅《またたび》ものの趣向を導入した〈夏目影二郎始末旅〉や、徳川家康との密約によって影の旗本として生きる鳶沢《とびさわ》一族を描く〈古着屋総兵衛影始末〉が、家康から御免状を与えられた吉原を守る松永誠一郎を主人公とした隆慶一郎『吉原御免状』を思わせるなど、様々なタイプの作品を発表している。そして著者が自分のスタイルを模索していた時期に書かれた本書も、極め付けの異色作なのである。

　実在した肥後人吉藩を舞台にしていることからも分かるように、本書は最も史実を踏まえた佐伯作品といっても過言ではない。譜代《ふだい》家臣を中心にした門葉《もんよう》派と、江戸詰めの家臣を中心にした改革派が繰り広げる派閥抗争に、愛洲《あいす》陰流《かげりゅう》の達人・数馬源二郎が巻き込まれていく展開は、〈密命〉や〈居眠り磐音　江戸双紙〉を彷彿《ほうふつ》とさせるが、人吉藩で門葉派と改革派の対立が絶えなかったのは歴史的な事実なのだ。

　幕末になると、改革派の家老・田代政典を起用した一二代藩主の相良頼徳が、藩政の一新を目指し、源二郎の主君にあたる頼之も父の方針を受け継いでいる。作中には門葉派が起こした陰謀として、八代藩主の頼央《よりひさ》が暗殺された「竹鉄砲事件」が紹介されていたり、頼之時代に殖産興業として椎茸《しいたけ》栽培を推奨するも、農民とのトラブルで一揆が起こる「茸山《なばやま》騒動」が描かれたりしているが、これらも実際に起こった事件である。ちなみに、本書では門葉派の横暴を見て見ぬふりしていることから、〝眠り達磨〟と揶揄《やゆ》されている田代政典だが、実際は実務派で有能な人物だったようである。

　門葉派の陰謀を暴くため、密《ひそ》かに江戸から送り込まれた実吉《さねよし》作左ヱ門の護衛を命じられた源二郎が、国境を越えるために向かった山岳地帯で、タイ捨《しゃ》流の達人・五郎丸稔朗《としあき》率いる追手にゲリラ戦を仕掛ける冒頭が、映画『ランボー』を思わせたり、改革派によって大打撃を受けた門葉派が、多数の銃器を持って外城深水《とじょうふかみ》に籠城《ろうじょう》、それを攻める改革派と銃撃戦を繰り広げる中盤が、マカロニウエスタン風になっていたりと、派手なスペクタクルが連続するのも、史実の裏付けがあったからこそ書けたフィクションといえる。というよりも、時代小説の枠ギリギリを狙《ねら》って読者にボールを投げた著者の中には、どこまで書くと〝時代考証の無視〟や〝荒唐無稽《こうとうむけい》すぎる〟という批判が出てくるか、その限界を見極める目的があったように思えてならない。

本書は、明治五年、旧人吉藩の上屋敷に、仇討《あだうち》赦免状を持った源二郎が現れる場面から始まる。明治政府がいわゆる「敵討《かたきうち》禁止令」を出すのは明治六年のことなので、源二郎の仇討赦免状はまだ効力があったことになる。ちなみに、明治一三年、福岡藩の支藩だった旧秋月藩士の臼井六郎が、維新後に東京上等裁判所判事になっていた一瀬直久を父母の仇として刺殺した事件が〝最後の仇討ち〟とされている。藩内の派閥抗争によって父母が殺されたところや、維新後も仇討ちを諦めなかったことなど共通点も多いので、著者は臼井六郎をモデルに、源二郎を作った可能性もある。

また源二郎が学んだ愛洲陰流は、新陰流を興した上泉信綱の師匠・愛洲移香斎久忠《いこうさい》が創始した流派である。移香斎は、九州の日向《ひゅうが》に滞在中、霊験《れいげん》によって陰流を創出したともいわれ、晩年も日向で暮らしたこともあって陰流は九州一円に広まっている。源二郎の宿敵となる五郎丸稔朗が使うタイ捨流は、肥後で生まれ、上泉信綱に新陰流を学んだ丸目蔵人《くろうど》が創始した流派で、特に人吉藩と佐賀藩では盛んだったようだ。

こうした緻密《ちみつ》な考証が、物語にリアリティを与えているのは間違いあるまい。史実の隙間《すきま》に虚構を織り込む手法も異彩を放っているが、人斬《ひとき》りを出世の手段と割り切る源二郎が醸し出す暗い情念も、優しく情にあふれ、そこはかとないユーモアを身にまとっている佐伯作品のヒーローに慣れていると、違和感を覚えるはずだ。

源二郎の人物像は、文庫書き下ろしの先輩にあたる峰隆一郎が好んで取り上げた権力者に切り捨てられた浪人者や、著者の敬愛する藤沢周平でいえば、『溟い海』『暗殺の年輪』といった初期作品の主人公に近いテイストがある。著者が、人気の出てきた『密命』の金杉惣三郎とは対照的な源二郎を作ったのも、どのような主人公が読者に受け入れられるのかを試行錯誤していたからではないだろうか。

こうした〝実験〟の痕跡《こんせき》が散見される一方で、経済問題を正面から取り上げたところは〈居眠り磐音　江戸双紙〉を、ガンアクションや海外渡航する登場人物が出てくるスケールの大きさは〈交代寄合伊那衆異聞〉を思わせるなど、後の人気シリーズの萌芽《ほうが》ともいえるアイディアも少なくない。その意味で本書は、時代小説作家・佐伯泰英の原点の一つといっても過言ではなく、著者のファンなら必読の作品なのである。

ちなみに、著者が自分なりの小説作法を見つけ、〝月刊佐伯泰英〟と呼ばれるほどの量産を始めるのは、本書が刊行された翌年の二〇〇一年からである。

刊行から約一二年経《た》つが、本書を一読すれば、まったく古びていないことに驚かされるはずだ。源二郎が生きたのは、天保の大飢饉《ききん》によって多くの餓死者を出した幕末から、徳川時代の習慣が〝因循姑息《いんじゅんこそく》〟と切り捨てられた明治初期である。多くの領民が飢えているのに、源二郎の〝敵〟となった門葉派は、メンバーが資金を出し合い、それを商人に運用させ、そこから上がる利益を分配することで私腹を肥やしていた。

本書が発表された二〇〇〇年頃は、バブル崩壊後の不況を乗り切るため、金融の規制緩和が行われていた時期である。〝貯蓄から投資へ〟のスローガンが声高に叫ばれ、一九九八年には投資信託などの金融商品が銀行窓口で購入できるようになるなど、政府もこの方針を後押しした。金融のテクニックを駆使し、短期間で会社を成長させた社長が注目されたのも記憶に新しい。こうした時代に著者が、現代でいえば投機のシステムを作り上げ、濡《ぬ》れ手で粟《あわ》を手にしていた門葉派を〝敵〟にしたのは、土地と株の投資に踊って不況を招いたバブル崩壊に懲りることなく、喉元《のどもと》すぎるとすぐに投機に走った日本人への皮肉が込められていたのではないだろうか。二一世紀に入って起こったプチバブルも、二〇〇七年にアメリカで起こったサブプライムローン危機、翌年のリーマンショックであっけなく崩壊し、再び不況に突入したことを考えれば、著者のメッセージは、現在の方がリアルに感じられるのではないだろうか。

しかし、本書が一筋縄で行かないのは、源二郎が必ずしも清廉潔白ではないことである。作事方の二男として生まれ、養子先が見つからなければ就職も結婚も出来ない立場だった源二郎は、出世のために地を這《は》いずるようにして愛洲陰流を学び、ついに藩内随一の剣客となる。実力が認められ、年上で不器量ながら、金貸しもしていて内証が豊かなお金庫番・数馬家の娘やえの婿となった源二郎だったが、数馬家にとって源二郎は、子供を作る道具にして、無料で使える用心棒に過ぎなかった。数馬家での自分のポジションを思い知らされた源二郎は、実吉作左ヱ門に取り入り、改革派の汚れ仕事を請け負うことで、〝勝ち組〟になろうとする凄《すさ》まじい上昇志向があるのだ。

著者が、金や名誉に背を向け清貧に生きる時代小説ではお馴染《なじ》みのヒーローをあえて描かなかったのは、〝勝ち組〟を目指す修羅《しゅら》の道に疲れ、江戸で知り合った佐希との平凡な毎日に満たされながらも、なおかつ迷いが断ち切れない源二郎を通して、本当の幸福とは何かを読者一人一人に考えて欲しいとの意図があったように思える。そして、いまだ日本の進むべき未来が、経済の復活にあるのか、それとも心の充足にあるのか結論を出せない現代人は、源二郎の葛藤《かっとう》を真摯《しんし》に受けとめる必要があるだろう。

タイトルにある「異風者」は、「いひゅもん」と読み、権力におもねることなく間違いがあれば主君であっても諫言《かんげん》する反骨の士を意味する肥後言葉だが、同じ漢字でも、読みが「いひゅごろ」になると侮蔑《ぶべつ》的なニュアンスが加わるという。

最後まで自分が「いひゅもん」だったのか、「いひゅごろ」だったのか結論が出せなかった源二郎は、まさに悩める現代人を象徴しているが、心が揺れながらも筋だけは通そうとした強さは、混迷の時代を生きる勇気を与えてくれるはずだ。

（すえくに・よしみ／文芸評論家）

時代小説文庫
さ 8-39

異《い》風《ひゅ》者《もん》 新装版

著者 佐《さ》伯《えき》泰《やす》英《ひで》

2000年 5月18日第一刷発行
2012年12月18日新装版 第一刷発行

発行者 角川春樹

発行所 株式会社 角川春樹事務所
〒102-0074 東京都千代田区九段南2-1-30 イタリア文化会館

電話 03(3263)5247[編集] 03(3263)5881[営業]

印刷・製本 中央精版印刷株式会社

フォーマット・デザイン&シンボルマーク 芦澤泰偉

ISBN978-4-7584-3706-6 C0193
http://www.kadokawaharuki.co.jp/[営業]
fanmail@kadokawaharuki.co.jp[編集] ご意見・ご感想をお寄せください。